16	3	2	13
5	10	11	8
9	6	7	12
4	15	14	1

Marconi Leal

O CLUBE DOS SETE

Ilustrações de Newton Foot

editora 34

EDITORA 34

Editora 34 Ltda.
Rua Hungria, 592 Jardim Europa CEP 01455-000
São Paulo - SP Brasil Tel/Fax (11) 3811-6777 www.editora34.com.br

O Clube dos Sete © Marconi Leal, 2001
Ilustrações © Newton Foot, 2001

A FOTOCÓPIA DE QUALQUER FOLHA DESTE LIVRO É ILEGAL E CONFIGURA UMA
APROPRIAÇÃO INDEVIDA DOS DIREITOS INTELECTUAIS E PATRIMONIAIS DO AUTOR.

Edição conforme o Acordo Ortográfico da Língua Portuguesa.

Capa, projeto gráfico e editoração eletrônica:
Bracher & Malta Produção Gráfica

Ilustrações:
Newton Foot

Revisão:
Alexandre Barbosa de Souza
Cide Piquet

1ª Edição - 2001 (5ª Reimpressão - 2008), 2ª Edição - 2015

Catalogação na Fonte do Departamento Nacional do Livro
(Fundação Biblioteca Nacional, RJ, Brasil)

Leal, Marconi, 1975-
L435c   O Clube dos Sete / Marconi Leal;
ilustrações de Newton Foot — São Paulo:
Editora 34, 2015 (2ª Edição).
192 p. (Coleção Infanto-Juvenil)

ISBN 978-85-7326-220-9

1. Literatura infanto-juvenil - Brasil.
I. Foot, Newton, 1962-. II. Título. III. Série.

CDD - B869.3

O CLUBE DOS SETE

O CLUBE DOS SETE

1. O erro 9
2. O troco 17
3. Uma resposta 37
4. À procura de uma pista 47
5. O enigma no papel 59
6. Mais uma pista 69
7. No encalço da Kombi 79
8. O plano 103
9. O dia D 123
10. Dentro do galpão 139
11. O doutor e a farsa 149
12. Confinamento e fuga 163
13. Liberdade ainda que tardia 171
14. De volta ao Morro da Maré 179

1.
O ERRO

Eu já tinha avisado Bola que aquela história de ele entrar nas páginas dos outros ainda iria acabar mal. Se bem que nós nos divertíamos quando ele acessava a Internet e começava a procurar *sites* interessantes para modificar seu conteúdo. Dizia que era um *hacker* inofensivo, pois o que danificava nas *home pages* podia ser reparado sem maiores prejuízos e que, finalmente, quando o responsável pela página não conseguia desfazer sua bagunça, ele mesmo restaurava o *site* no dia seguinte. Tudo isso era verdade e, diante de tais argumentos, o grupo acabava ficando menos preocupado.

Naquele dia, na tarde em que tudo começou, estávamos os sete no lugar onde sempre nos reuníamos: o sótão da casa dos meus avós. Eu morava com meus avós desde que meus pais morreram em um acidente de trânsito. Minha mãe, que era médica, tinha ido buscar meu pai, um arquiteto, no escritório, quando um caminhão, em alta velocidade, ultrapassou o sinal vermelho e chocou-se de frente com eles. A notícia saiu nos jornais, meus avós guardaram os recortes. O caminhão era de uma empresa chamada Clanac, de medicamentos, se não me engano, e o motorista também faleceu com a trombada. Ele estava bêbado. Não ganhamos um centavo de indenização e os donos da tal fábrica não foram punidos. Depois de tanto tempo, a causa ainda está para ser julgada na justiça. Eu tinha pouco mais de um ano na época.

Mas, como dizia, nossas reuniões eram sempre no sótão da casa dos meus avós. Ali, vovô tinha feito para mim uma enorme sala de jogos: havia uma mesa de pingue-pongue, outra de futebol de botão, computador, telefone com linha própria, videogame, televisão, ar-condicionado, estantes com livros e jogos, muitos jogos guardados no armário. Um mundo encantado. Um esconderijo secreto. O topo de um castelo. O sótão podia ser tudo o que nossa imaginação quisesse. Era o Quartel-General do Clube dos Sete.

* * *

O Clube dos Sete era formado por Bola, Daniel, Palito, Jonas, Zeca, Alice e eu. Alice namorava Zeca e tinha entrado por indicação dele. Sua integração ao grupo deu muita discussão. Bola não queria uma menina no grupo, mesma opinião de Palito. Daniel e Jonas tinham dúvidas, mas eu não tinha nada contra.

— Mulher só vai atrapalhar! — dizia Bola, indignado.

— É, mulher atrapalha tudo — repetia Palito. Aliás, repetir as falas de Bola era um costume seu.

— Eu não sei. Estava tudo muito bom até agora. Com a entrada de Alice, a gente vai ter de se adaptar — falava Daniel.

— Mas Alice é de confiança. É nossa amiga, Daniel, e, além do mais, namorada de Zeca — opinava Jonas.

— Por que a gente não dá um voto de confiança para Alice? Todo mundo sabe que ela é inteligente e corajosa. Pode, muito bem, fazer parte do Clube dos Seis — argumentava Zeca, o maior interessado no assunto.

— Clube dos Seis! — retornava Bola. — Se ela entrar, até o nome a gente vai ter de mudar. De Clube dos Seis para Clube dos Sete.

— É, até o nome — repisava Palito.

Aquele foi um lance inesperado. Mudar o nome do Clube? Realmente, com mais um integrante, o nome não poderia permanecer o mesmo. E ninguém estava disposto a mudar o nome, muito menos Bola, pois tinha sido ideia sua. Estávamos diante de um dilema.

— Grande coisa, o nome! — voltava à carga Zeca, ofendido, em defesa de sua namorada.

— Você não gosta do nome, Zeca? Por que não encontra outro Clube e se filia a ele, com sua namoradinha?! — afirmou Bola.

— É, por quê?! — reafirmou Palito.

— E o que é que você tem contra Alice, Bola?

— Nada. Não tenho nada contra ela nem contra ninguém. Só acho que o nosso grupo não precisa de uma mulher.

— Você, por acaso, acha que as mulheres são menos capazes do que os homens, não é Bola?

— Eu não disse isso. Alguém aqui me ouviu dizer isso? Se fosse um homem, eu seria da mesma opinião. Nosso grupo está fechado. O Clube dos Seis não precisa de mais ninguém.

O clima começava a esquentar. Bola não arredava pé, Zeca cada vez se exaltava mais. Como presidente do Clube, tive que me meter naquilo:

— Calma, calma, minha gente. Eu tenho uma proposta a fazer. Por que a gente não deixa Alice entrar provisoriamente? Ela participa do grupo por uma semana. Depois disso, a gente resolve se ela continua ou sai.

— Acho uma ótima solução — disse Zeca. — Vocês vão ver que Alice merece ficar com a gente.

— Gostei — emendou Jonas.

— Eu também — concordou Daniel.

Faltava apenas a resposta de Bola, porque a de Palito, todo mundo sabia, seria igual à dele.

— E então, Bola? — perguntei.

— Está... Está certo — resmungou.

— Palito?

O Clube dos Sete

— Está... Está certo.

E foi assim que Alice entrou para o Clube. Ao final de sua temporada como "estagiária", todos concordamos que permanecesse conosco. Até o relutante Bola, que, na hora da votação decisiva, foi o mais entusiasmado.

Restava a questão do nome. Mas Bola, mais uma vez, cedeu com alegria, parecia outro:

— Ora! Mudamos o nome para Clube dos Sete, qual o problema?

— Tem certeza, Bola?

— Absoluta.

Com todos de acordo, mudamos o nome. Com todos de acordo, é bom que se diga. No Clube dos Sete, as decisões eram tomadas por votações e só valiam em caso de unanimidade. Quando não havia consenso, a tarefa de uns era convencer os outros. Ninguém mandava em ninguém. A mim, como presidente, cabia apenas coordenar as atividades e tentar conciliar as partes em conflito.

* * *

Dito isso, voltemos à desastrosa tarde que nos meteria na maior enrascada da história do Clube dos Sete.

No sótão, Zeca jogava pingue-pongue com Alice. Eu e Palito, Jonas e Daniel estávamos na mesa de futebol de botão. Eu nunca fui um craque no jogo de botão. Jogava bem, só isso. Ao contrário de Palito, meu parceiro, um artilheiro conhecidíssimo por sua técnica. Do outro lado da mesa, Jonas e Daniel, se não tinham o mesmo manejo de Palito, faziam uma dupla bastante forte. Por isso, o jogo estava empatado: 4 a 4.

Distraídos em nossas brincadeiras, não nos demos conta de que Bola estava no computador, batucando nas teclas, comandando o *mouse*, mexendo com o perigo.

2.
O TROCO

No dia seguinte, acordei cedo. Vovó preparava o café, enquanto vovô escrevia num bloquinho. Anotava a lista de compras, assobiando. Era ele quem fazia o supermercado, sempre de bom-humor. Aliás, meus avós eram muito bem-humorados. Mas, para vovô, duas coisas eram motivos de grande alegria: regar as plantas e flores do jardim e ir às compras. Nunca soube por quê, mas para ele era uma festa entrar no táxi, sair de casa e voltar com o táxi cheio de sacos plásticos e sacolas. Já vovó, entretinha-se com os afazeres da casa e adorava me contar histórias.

— Bom dia — disse, sonolento, sentando-me à mesa.

— Bom dia, Joãozinho — responderam, juntos, os dois.

Nós tínhamos uma empregada, Maria, mas ela se encarregava apenas dos trabalhos mais pesados, como lavar as roupas e fazer a faxina. Vovó a dispensava do serviço de cozinha, pois era uma cozinheira de mão-cheia. Quando mais jovem, até abriu uma confeitaria com uma de minhas tias. O negócio prospera até hoje, mas ela pediu para se retirar da sociedade. As encomendas cresciam dia a dia, havia projetos de filiais em outros *shoppings* da cidade e vovó estava cansada. Agora, só cozinhava para mim, para vovô e para Maria. Sua comida era deliciosa, principalmente os doces.

— Então? Como foi a reunião do Clube ontem?

— Nada de extraordinário — respondi a vovô, passando manteiga no pão torrado.

— Você sabe que, na minha infância, eu também tive um clubinho?

— Sei sim, vô. O senhor já me contou.

— Augusto, todo santo dia você conta a história do seu clubinho, como é que o menino não ia saber? — perguntou vovó para ele e, piscando um olho para mim: — Como era mesmo o nome do seu clubinho?

Ela já sabia o nome. Como ela mesma disse, com certo exagero, quase todo dia vovô contava a história do clube que fundara com mais quatro amigos na infância. Mas, para não desapontá-lo, refazia, continuamente, a pergunta.

— Nós éramos o Clube dos Heróis Anônimos! — respondeu vovô, orgulhoso.

— E o lema, vô? Qual era mesmo o lema? — entrei na brincadeira da vó.

— Nosso lema era: "Morrer em nome da lealdade". Sabe, naquele tempo não tinha nada dessas coisas: televisão, videogame, jogos eletrônicos. Não, meu neto, naquela época, a gente jogava bola na rua, fazia expedições na mata, jogava pião... Ah! bons tempos aqueles!

— Mas, a gente joga bola também, vô. Afonsinho mesmo é craque no futsal.

— E futsal é lá jogo, menino? Estou falando é de jogar com os pés descalços, na lama, debaixo de chuva, no campinho de barro, de onde minha mãe vinha me tirar pela orelha.

— Sabe, Joãozinho, seu avô foi o terror das meninas, na época dele — voltou a falar vovó, como se estivesse gracejando, fazendo pouco do marido, mas demonstrando uma ponta de ciúme.

— É verdade, vô?

— Bom, não é bem assim. Era o nosso dever. O Clube dos Heróis tinha de defender as mocinhas inocentes.

— E, de vez em quando, dar um beijo na boca de uma delas, não é, Augusto?!

— Bem, você sabe — continuou vovó, cutucando meu pé por debaixo da mesa, num sinal de que a provocava —, no final, os heróis ganham sempre um beijo das mocinhas, como nos filmes.

Vovó não disse nada, fez de conta que não tinha ouvido. Eu ria, por dentro. Vovô prosseguiu:

— Mas, como eu ia dizendo, na minha época, os valores eram outros. Amizade. Amizade era um valor que

O Clube dos Sete

a gente prezava. Ajudar o próximo. Essas coisas que, hoje em dia, estão fora de moda.

Ele não estava dando uma lição de moral, nada disso. Simplesmente sentia saudades do seu tempo. Eu entendia. Vovô teve uma vida muito intensa, recordá-la fazia bem a ele.

— Por isso é que eu dou todo o meu apoio ao seu Clube, Joãozinho. A gente tem de se cercar de pessoas queridas, agir em favor dos outros, lutar por uma causa. Sem isso, a vida fica vazia. E não há nada mais triste do que uma vida vazia, sem amigos, sem objetivos.

— Sem dar beijo na boca das mocinhas! — disse vovó, sem olhar para ninguém em especial, como se falasse para si própria, ainda enciumada.

— Marilda, eu não acredito que um episódio de duzentos anos atrás ainda a incomoda! Meu Deus do céu!

— Olha o santo nome em vão, Augusto!

Vovó era católica fervorosa. Não como as beatas de igreja, isso não. Ela tinha suas devoções, rezas e crenças muito próprias. Por exemplo, colava papéis com preces nos potes de açúcar ou pregava-os na porta, antes de ir dormir, para proteger a casa. Li em algum lugar que isso era comum no século XIX. Eu ficava pensando: vovó faz doces, conta histórias e tem algumas atitudes como as das velhinhas de livros infantis, aquelas que a gente vê em cadeiras de balanço, cabelos brancos, vestidos rodados, lendo livros para os seus netinhos, mas, por outro lado, é uma vó supermoderna, lúcida, faz tudo sozinha — dirige automóvel, programa o videocassete, adapta-se às novas tecnologias com mais facilidade do que vovô. Até Internet a vovó dominava. Juro. Com mais um pouco de treino, viraria uma *hacker* da qualidade do Bola.

— Você sabe por que ela está assim, Joãozinho? Porque, há mil anos, quando Matusalém ainda era criança e eu a namorava, dei um beijo... um beijo não, uma bicota de nada, mal encostei os lábios, em uma fulana.

— Rá, rá, essa é boa! O maior beijo do mundo, meu neto! Você precisava ver, parecia, parecia — procurava na memória algo que se parecesse com a cena, mas a memória de minha avó tinha algumas falhas — parecia... nem sei com que parecia, mas foi um escândalo, a rua toda viu! Eu fiquei arrasada...

— Não foi bem assim.

— Foi exatamente assim e você sabe.

Vovô parou um pouco, cabisbaixo, pensativo.

— Foi, admito. Foi exatamente assim e cometi o maior erro de todos os tempos. Primeiro e antes de mais nada, por ter traído a confiança de alguém, o que era considerado falta grave no Clube dos Heróis Anônimos. A maior das faltas, talvez, seja a deslealdade, porque a pessoa faz mal a si própria e à outra, ou outras. Já pedi desculpas por isso, mas, veja só: pedir desculpas dificilmente sara a ferida deixada no seu irmão. Irmão, sim, Joãozinho. Todos, nessa Terra abençoada, somos irmãos. Do mais estranho passante na rua, ao mais íntimo amigo. Quando a humanidade compreender isso, o mundo muda. Por outro lado, em troca de um beijo falso, um beijo dado por uma pessoa a quem não amava, quase perco a pessoa mais linda desse mundo, minha companheira de mais de sessenta anos, ao longo dessa vida árdua e bela, uma mulher sem outra igual no universo, Joãozinho, a mulher da minha vida: sua avó.

Vovó enxugou, com o guardanapo, uma lágrima no canto dos olhos. Tinha mudado de expressão. Aquelas últimas palavras de vô Augusto a abalaram. Ele levantou-se e foi até a cadeira onde ela estava. Abraçou-a, fortemente, tascou-lhe um beijo na testa.

— Eu te amo, Marilda.

— Eu também, Augusto.

Como é que duas pessoas, depois de mais de sessenta anos de convivência diária, ainda tinham tanto amor e carinho para dar uma à outra? Eu ficava impressionado com meus avós. O relacionamento deles não era uma briga, como muitas vezes vemos: casais que se juntam, não para somar, mas para subtrair. Cada um querendo mais e mais do outro, até o ponto da separação. Com meus avós não era assim, um não pedia nada ao outro. Muito pelo contrário, abriam seus corações e pareciam querer dar mais do que receber. Talvez fossem os tais valores diferentes da época deles, dos quais meu avô tanto falava, talvez fosse apenas o resultado de uma junção entre dois seres humanos, semelhante ao emparelhamento da Terra com a Lua, dois astros irmãos — palavras do professor Sinval, de Ciências — que tinham órbitas entrelaçadas.

Professor Sinval?! Olhei para o relógio: sete horas! Teria de correr, se não quisesse chegar atrasado. Fui ao meu quarto, troquei de roupa em dois minutos, coloquei os livros na mochila e saí, despedindo-me.

— Tchau vô, tchau vó.

— Tchau, meu filho — disseram em conjunto.

Conjunto. Agora, era o professor de Matemática, Silva, quem me acudia. Era isso: meu avô e minha avó faziam parte de uma interseção. Sabe? Duas bolas são, parcialmente, inseridas, uma na outra, e o que sobra dentro é um objeto geométrico quase oval, onde fica tudo o que uma bola e a outra compartilham, o que há de comum numa e noutra está na interseção. A vida de vovô e de vovó era uma grande interseção, o melhor de cada um estava contido na bolha intermediária entre as bolas. Uma interseção que, dia após dia, ia crescendo, dando a impressão de que, no futuro, as duas bolas, representando seus corpos, seriam uma só. Por vezes, era isso

O Clube dos Sete

que eu via: meus avós complementavam-se de tal forma que pareciam uma pessoa só.

Subi na bicicleta meditando sobre o quanto era feliz. Olhei mais uma vez para a casa, a nossa casa, que parecia de brinquedo. Flores nos canteiros, plantas, árvores altas, como a mangueira, os pés de sapoti e de oiti, e baixas, como a pitangueira e as bananeiras, a grama verdinha, o caminhozinho de pedra, a fachada branca, janelas azuis. Lá em cima, encravada no telhado vermelho de telhas reluzindo de novas, a escotilha do sótão, sede do Clube dos Sete. Sorri.

— Que é que está fazendo aí, menino, rindo assim, feito bobo? Está pensando na morte da bezerra?

Era Maria, gorda de mais de cem quilos, a simpatia em pessoa, que chegava para mais um dia de labuta.

— Nada, não, Maria. Nada, não. Estava só pensando.

— Quem pensa muito fica doido, viu? — disse ela, gargalhando. — Vá embora, meu filho. Vai chegar tarde.

— Eita, ia me esquecendo! Tchau, Maria!

— Tchau, Joãozinho.

Pedalei o mais rápido que pude, cortando as ruas arborizadas e belamente pavimentadas do meu bairro. Lá, as mangueiras e os jambeiros carregados enfeitavam, com suas copas cheias, as cumeeiras das casas e espalhavam cores e cheiros fortes nas calçadas ao derrubar seus frutos. Pés de azeitona-roxa e castanheiras balançavam com um ruído manso, lembrando as suaves ondas do mar. As sombras, muito amplas, formavam uma espécie de mundo próprio sob o sol escaldante do Nordeste. Eram um refúgio contra o calor e o corre-corre cotidiano. Paz. Tudo ali lembrava paz e harmonia. E a brisa constante embalava as redes nas varandas em tardes de sonho e preguiça.

* * *

Cheguei suando no colégio. Parei a bicicleta junto aos ferros do ginásio, passei o cadeado, fui direto para a sala. A aula ainda não tinha começado. Sentei-me na carteira, no fundo da classe, ao lado de Bola e de Palito. Alice sentava-se mais à frente.

— Que foi que houve? — perguntou Bola.

— É, que foi? — complementou Palito.

— Nada. Perdi a hora.

— Por que está suando?

— É, por que está suando?

— Ora, por quê!? Porque vim apressado.

— Ah, bom.

Tirei o livro de História da mochila, pus sobre a mesa. Do seu lugar, Alice virou-se e sorriu para mim. Retribuí o sorriso com um aceno de mão. Jonas, Daniel e Zeca não eram da nossa turma. Estudávamos na A e eles na B. O professor Antônio levantou-se de sua mesa.

— Fizeram a lição de casa?

Àquela pergunta, Palito afobou-se:

— Você fez, João? — sussurrou-me.

— Fiz. Você não?

— Não. E você, Bola?

— Fiz.

— Ai, meu Deus! Só eu que não fiz — atarantou-se Palito.

— Calma, Palito. Você sabe que o professor não liga.

— Não?

Não, o professor Antônio não era daqueles que exigiam a lição passada na aula anterior, nem forçava a leitura em voz alta de quem não quisesse ler. Apenas recomendava que fizéssemos as tarefas, estudássemos, e o seu comportamento era o maior incentivo a isso. Ao contrário de outros professores, que até demonstravam certa satisfação em tirar pontos de quem faltasse com a "obrigação" da lição de casa, o professor Antônio tratava seus alunos de igual para igual e tinha uma paciência fora do comum. Suas aulas eram como espetáculos de teatro, seu jeito de narrar os fatos históricos lembrava o da minha avó contando casos de sua juventude ou da dos meus pais e tios. Conseguia empolgar a turma, era mais um companheiro do que um professor, e por isso todo mundo o respeitava.

Apaixonado pela profissão, dava tudo de si em cada minuto de sua palestra, apesar do salário minguado que recebia. Salário de professor, todo mundo sabe, não está nem um pouco à altura dos seus aborrecimentos e responsabilidades. Alguns ganham uma miséria. Mesmo assim, o professor Antônio, dentro e fora da sala, parecia ganhar como um rei. Todos gostavam dele e ele gostava de todos, muito embora dissessem que me considerava aluno especial. Ele não me considerava aluno especial coisa nenhuma, só retribuía o meu interesse pela História, minha matéria favorita. A sua era a única aula em que eu falava e perguntava, dava sugestões. E, nos corredores, às vezes, passávamos mais algum tempo juntos, resolvendo dúvidas, conversando.

Ele ensinava História do Brasil. A lição que passara, e que Palito não fizera, girava em torno da política em princípios do Império. Aliás, havia sido uma pesquisa livre e não um questionário. Deveríamos descrever, em algumas linhas, aquele período histórico.

— Bom, quem fez e quer dar a sua versão dos fatos? — tornou a indagar o professor.

Levantei o braço.

— Muito bem, João. Fale.

— Não consegui muito, professor.

— Não tem importância.

— Então, lá vai.

Limpei a garganta e comecei a ler as informações que tinha recolhido de livros, enciclopédias e da Internet:

"Quando D. Pedro I declarou a Independência do Brasil, vários movimentos populares já vinham reivindicando a liberdade. Havia os que defendiam a República e os que defendiam a Monarquia. As duas correntes brigavam entre si e a disputa também era feita através de jornais e nas ruas, onde o povo fazia protestos a favor de uma ou de outra ideia.

Grande importância teve, nesse período, a maçonaria. Os maçons eram homens que, influenciados pelas ideias liberais francesas e americanas, participavam de sociedades secretas, as 'lojas maçônicas'. Muitos personagens importantes da História do Brasil foram maçons. O próprio D. Pedro I era grão-mestre, chefe supremo de uma loja maçônica carioca, sendo considerado por muitos o protetor da maçonaria brasileira.

Ninguém sabe ao certo..."

E por aí segui. Ao fim da leitura, o professor elogiou minha pesquisa e passou à explanação do assunto. Teríamos duas aulas seguidas com ele, depois viriam, pela ordem: Ciências, Matemática e Inglês. No recreio, o Clube dos Sete se reencontrou. De tarde, todos já sabiam: haveria reunião às quatro horas, na sede do grupo.

* * *

Mal pus um pé dentro de casa, Maria anunciou, aos berros:

— Joãozinho, Joãozinho, seu avô foi assaltado!

Eu tinha notado que o carro do doutor Ulysses, médico da família, estava parado defronte de casa. Corri para o quarto de vovô. Vovó e o doutor conversavam, vovô estava estirado na cama, perna engessada.

— Que foi que houve? — perguntei, aflito.

— Nada, Joãozinho — respondeu o doutor, passando a mão em minha cabeça. — Seu avô sofreu uma tentativa de sequestro, ao que parece, mas tudo já está sob controle.

— Sequestro?

— Ou assalto. Agora vamos deixá-lo descansar um pouco.

— Não foi sequestro nem assalto, foram os milicos, os milicos estão atrás de mim, novamente! — pronunciou da cama, possesso, vovô.

— Milicos?! Que história é essa, vovô?

Já tínhamos deixado o quarto, vovó fechou a porta.

O Clube dos Sete

— Nada não, meu neto. Seu avô está tendo delírios com o passado.

— A medicação pode provocar delírios, realmente, dona Marilda. Mas passa. Amanhã, eu volto para ver o doente.

— Obrigada, doutor Ulysses.

— Até mais.

O doutor foi embora, minha dúvida permaneceu. Milicos?

— Milicos era como os comunistas e simpatizantes do comunismo chamavam os militares, Joãozinho. Seu avô foi preso no tempo da Ditadura e, agora, deve estar tendo alucinações com o passado. Ele tem mania de perseguição até hoje.

Ditadura, comunismo, comunistas. Sim, sabia que vovô tinha sido ou ainda era comunista. Mas nunca entendi direito o significado daquilo. Até que um dia o professor Antônio me explicou melhor.

A Ditadura Militar durou de 1964 até 1984, ou seja, começou e acabou antes de eu nascer. O que aconteceu? Os militares, descontentes com os rumos do país, decidiram dar um Golpe de Estado. Tomaram o poder, fecharam o Congresso e a Justiça, proibiram qualquer tipo de manifestação que fosse contrária a eles. Quase igual ao que D. Pedro I fizera ao subir ao trono do Brasil, sufocando os que lutavam pela República.

Os comunistas foram os primeiros a sofrer com a nova ordem. Seu partido, o Partido Comunista Brasileiro, foi fechado e os seus deputados foram presos ou exilados, mandados para fora do país. Muita gente foi torturada durante a ditadura, gente que os militares ou "milicos" pensavam ter alguma ligação com o comunismo.

O comunismo é uma doutrina. Em teoria, pretende acabar com as desigualdades sociais, quer que não existam mais pobres, que todos tenham direito à educação, moradia, emprego e saúde. Alguns países adotaram o comunismo, outros, como o Brasil, o capitalismo. A diferença básica entre um e outro é que no comunismo não há empresas privadas. O Estado, ou seja, o Governo é dono de tudo. No capitalismo, não. O Estado cuida da saúde, da educação e da segurança pública, deixando o resto por conta das empresas privadas.

Atualmente, os países comunistas, à exceção de alguns poucos, como Cuba e China, por exemplo, quase não existem mais. E, mesmo esses, já não são comunistas puros, adotaram muitas fórmulas capitalistas ao seu modelo econômico. Uma explicação para o fracasso do comunismo, dada pelo professor Antônio, é que, uma vez no poder, aqueles que lutavam contra as injustiças passaram a cometê-las eles próprios, através de uma Ditadura, uma ditadura comunista, na qual quem discordasse do poder também sofria. Ainda assim, alguns países comunistas conseguiram dar o mínimo para as suas populações: saúde, educação, emprego e moradia gratuitos para todos. Cuba, até hoje, é conhecida pela sua medicina desenvolvida e pelo bom desempenho nos jogos olímpicos. Mas o único partido é o comunista. A ilha é governada por um único presidente há mais de quarenta anos.

Por outro lado, o capitalismo, apesar de dar a liberdade de expressão para o povo, não conseguiu ainda resolver os problemas básicos. No Brasil, por exemplo, enquanto apenas 12% da população está entre as classes média e alta, o restante do povo é pobre e passa fome, o atendimento hospitalar é de péssima qualidade, faltam remédios, os salários são muito baixos, tem o desemprego e uma série de outros males. Há, é claro, os países capitalistas ricos, mas são muito poucos e, mesmo eles, enfrentam o problema do desemprego.

Voltando a vovô, ele tinha sido preso e torturado, viveu um tempo fora do país e tudo. Por isso, era difícil esquecer o passado. Mesmo assim, nunca o tinha visto acusar "milicos" por isso ou por aquilo. Vovô sempre foi um homem equilibrado. Se agora estava fazendo acusações daquele tipo, sabendo que a ditadura tinha acabado e que estávamos vivendo numa democracia, devia haver alguma razão escondida.

Não me contentei com a resposta de vovó. Assim que ela se distraiu, voltei ao quarto de vovô.

— Vô?

— Oi, meu filho.

— Que foi que houve, vô?

— Fui atacado, Joãozinho. Atacado por esses malditos milicos.

— Vô, isso é impossível. O exército não faz mais isso.

— Você é que pensa, neto. Você é que pensa.

— Por que o senhor tem tanta certeza?

— Porque eles vieram em um carro todo preto, sem placa, e vestiam ternos escuros. Puxaram-me para dentro do carro e me levaram para um descampado. Lá, começaram a me bater, dizendo: "Preste atenção, velho, vê se não faz mais isso, ouviu? Saiba que está mexendo com gente importante. Mais outro erro desses e você está morto, estamos entendidos? Sabemos onde você mora, Augusto Andrade, não se faça de louco, ninguém toca em coisas sagradas e fica impune: a liberdade é sagrada, velho". Disseram outros disparates. Depois de me espancarem, deixaram meu corpo no chão e arrancaram em velocidade. Diga: um ladrão comum faz uma coisa dessas? Mesmo um sequestrador? O que o sequestrador e o ladrão querem é dinheiro e, em nenhum momento, a palavra "dinheiro" foi mencionada. Admita que tem algo de estranho aí. Além do mais, nunca fiz nada de errado, nada para que pudesse ser punido da forma como fui. Só encontro uma explicação: foram os malditos milicos!

Vovô tinha razão. Não quanto aos militares, é claro. Não via motivo algum para militares, depois de tanto tempo, guardarem ressentimentos com relação a ele. Porém, a história não cheirava bem, havia algum mistério oculto ali.

Almocei e passei a tarde pensando, sem me concentrar no estudo. Estava desassossegado, esperando a hora do encontro do Clube dos Sete. Talvez juntos pudéssemos resolver aquele enigma.

3.
UMA RESPOSTA

Com o grupo reunido e devidamente a par do acontecido, nós nos sentamos em círculo e começamos a especular.

— Um carro preto? — iniciou Bola.

— Preto.

— Sem placa?

— Sem placa.

— Para mim, isso está muito complicado. Seu avô disse que não tem inimigos? — entrou na roda Daniel.

— Disse.

— Muito estranho. Não levaram nada dele?

— Nada.

— E o que será que esses homens queriam?

— Grande, Daniel! — ironizou Jonas. — Finalmente você descobriu o que a gente está fazendo aqui: tentando descobrir o que os homens queriam.

— Bom, estavam querendo assustar seu Augusto, isso é certo — concluiu Zeca. — Estamos atrás é do porquê.

— Isso mesmo — concordei. — Que eles queriam assustar vovô, parece claro. Queriam intimidá-lo, para que

O Clube dos Sete   37

não tornasse a fazer o que pensam que ele fez. Vovô não fez nada além do que é a sua rotina. Nem hoje, nem ontem, nem o ano todo, isso eu posso garantir. Sai de casa, compra os jornais, toma um cafezinho com amigos do botequim, trás o pão da padaria, as mesmas coisas que faz todo dia. Semanalmente, vai ao supermercado. É isso e só, não faz mal a uma mosca.

— Ele chegou a entrar no supermercado? — interrogou Bola.

— Não, foi pego antes de entrar no táxi.

— Que diferença faz se entrou ou não no supermercado? — argumentou Palito.

— Só estou perguntando.

— Para mim você está é querendo saber se ele trouxe comida do supermercado para você.

— Não. Eu estou pensando é em te dar um cascudo, Palito!

— Calma vocês dois! Será possível? A gente aqui tentando resolver uma questão séria e os dois brigando por bobagem! — estourou Alice.

Bola e Palito calaram-se, envergonhados. Alice prosseguiu:

— Só tem uma resposta, João: enganaram-se, trocaram seu avô por outra pessoa.

— Impossível. Tinha pensado nessa possibilidade, mas eles disseram o nome e o sobrenome de vovô.

— O quê? — espantaram-se todos.

— Foi como vocês acabaram de ouvir. Nome e sobrenome. E ainda disseram saber onde ele mora.

Ficamos calados por alguns minutos, cada qual revirando os olhos, pondo a mão no queixo, fitando o teto. Bola impacientou-se:

— Não é por nada, não, gente, mas eu acho que o caso está além da capacidade do Clube dos Sete.

— Nada está além da capacidade do Clube dos Sete, entendeu Bola?! — cortou Jonas, encarando Bola como se soltasse fogo pelas narinas.

Bola deu de ombros. Jonas, às vezes, era muito violento. Por um motivo qualquer, era capaz de sair no tapa com outro. Fazia musculação e às vezes achava que podia resolver tudo no braço. Talvez, reflexo de sua educação. Os pais de Jonas eram muito severos. O pai, principalmente. Constantemente, colocava-o de castigo, quase nunca conversava com o filho, a não ser para dar bronca.

Os castigos de pouco adiantavam, surtiam um efeito contrário ao desejado: Jonas já tinha se desentendido com a maioria dos professores do colégio e até com diretores, e suas notas estavam sempre abaixo da média. Muita gente não gostava dele, mas o grupo o defendia, compreendia o que se passava em sua casa e em sua cabeça. Além do quê, quando manso, era um ótimo com-

panheiro, contava piadas como nenhum outro e era dono de uma ironia fora do comum.

— Ca-calma, Jonas — gaguejou Palito, amedrontado. — Bola só fe-ez uma afirmação, não foi, Bola? Não queria chatear ninguém.

Palito saiu em defesa do amigo Bola. Eles, Palito e Bola, eram como unha e carne. Estavam sempre juntos, em todas as situações. Nogueira, o professor de Biologia, falou, certa vez, de irmãos siameses. Eram irmãos que nasciam grudados em um só corpo. Duas cabeças, quatro pernas, quatro mãos, quatro olhos, duas bocas, tudo duplicado. Geralmente, morriam com pouco tempo de vida. Operações modernas, em alguns casos raros, conseguiam separar os irmãos, permitindo a eles uma vida quase normal, apesar das cicatrizes da intervenção cirúrgica.

Pois bem, Bola e Palito eram como dois irmãos siameses, pareciam colados. Só que os dois não podiam ser mais diferentes. Bola era baixo, gordo e enérgico, estava sempre lendo ou metido com computadores. Palito era magro como uma vara de pescar, alto e muito desligado, vivia com a cabeça nas nuvens, sem noção do mundo. De uma coisa, no entanto, tinha noção clara: do perigo. Era medroso que dava pena. Frágil, disparava ao menor sinal de briga. Ainda assim, por incrível que pareça, os dois eram amicíssimos. Viviam embirrando um com o outro, discutindo, contradizendo-se, mas, no final das contas, queriam-se muito bem.

Depois da atitude de Jonas, ficamos num clima de mal-estar. Estávamos a favor de Bola, claro, mas Jonas tinha seu tanto de razão: dizer que o Clube não podia resolver aquele problema equivalia a decretar o fechamento da agremiação. Não, não havia mistério que o Clube dos Sete não conseguisse desvendar. Jamais haveria. Quanto maior o desafio, tanto maior a missão, maiores teriam de ser os nossos esforços. Nunca desistimos de desafios no passado e não seria daquela vez.

— Muito bem — falou Alice, quebrando o clima ruim. — Seu Augusto foi atacado logo pela manhã, ou seja, o que quer que tenha feito ou que os homens de paletó pensam que ele fez, não foi feito hoje.

— Por isso ele pensa que foram os milicos, os militares do tempo da ditadura — disse.

— Não terá sido, João?

— Não, Alice, isso não tem cabimento. O que vovô fez, muita gente fez e nem por isso são espancados por homens de paletó, nem levados em carros pretos.

— Tem razão.

— Se não eram do exército, pertenciam a algum tipo de organização, pelo visto. Caso contrário, como explicar as roupas, uniformes, o carro totalmente preto? O próprio discurso deles demonstra que estavam ali como porta-vozes de uma entidade maior, de um grupo — falou, inesperadamente, Palito.

— Tem razão! — concordamos.

— De onde é que você tirou isso? — admirou-se Bola.

— Da tua barriga é que não foi — devolveu Palito.

Antes que os dois levassem adiante o bate-boca, pedi a palavra:

— Calma, vamos continuar o raciocínio.

— Como era mesmo aquela história que eles falaram? — perguntou Daniel.

— Eles, quem?

— Os homens de preto. Falaram algo sobre coisa sagrada.

— A liberdade. Disseram que a liberdade é coisa sagrada — respondeu Jonas.

— Liberdade... — pensou alto Bola. — Não sei por que essa palavra está soando conhecida.

— Porque é a palavra mais usada pelo professor Antônio, bobão — provocou Palito.

— Não, não. Não foi na aula de História.

— Então foi na história de seu Augusto, sua mula! No que os homens disseram.

— Também, não. Não foi hoje. Deixa pra lá.

— Não seriam de uma seita religiosa? Teu avô é comunista e essas seitas mais fanáticas podem ter descoberto.

O Clube dos Sete

— Não, acho que não, Zeca. Isso de vovô ser comunista ninguém sabe, só a família. E não existe mais perseguição por causa da opção política da pessoa. A gente está numa democracia, lembra?

— Já que estamos numa democracia — alegou Bola —, peço permissão para me afastar do grupo e ir para o meu computadorzinho, que me aguarda ansioso. Não estou ajudando muito mesmo.

— Vai, Bola, pode ir para o teu computador. Faça bom proveito — rosnou Jonas.

Bola levantou-se e foi até o computador. Palito estava doido para juntar-se ao amigo.

— Onde estávamos? — perguntei.

— Na liberdade — elucidou Daniel.

— Isso, na liberdade. Que será que queriam dizer com liberdade?

— Teu avô tem passarinho no quarto dele? — indagou Palito.

— Por quê?

— Podia ser uma sociedade protetora dos animais.

— Tem razão — falaram os outros, menos Alice.

Alice estava calada, com a testa franzida, mastigando os lábios. Não ouvia o que falávamos. E o que falávamos, para mim, depois daquela última pergunta de Palito, sobre o passarinho, começava a parecer ridículo. Estávamos cansados.

Na função de presidente do Clube, achei por bem dar por encerrada aquela sessão. O melhor que tínhamos a fazer era esquecermos o assunto e passarmos aos jogos, ao menos naquele dia. Do jeito que as coisas caminhavam, alguém seria capaz de perguntar se o meu avô comia alpiste ou vivia dentro de uma gaiola.

— Bom...

Ia encerrando o assunto. De repente, Alice saiu do seu mundo e exclamou:

— Espere aí!

Paramos todos e viramos para ela, inclusive Bola. E foi a ele, Bola, que ela se dirigiu:

— Bola?

— Sim.

— Bola, você invadiu algum *site* ontem?

— Invadir, não. Eu não invado *sites*, apenas testo sua segurança.

— Tudo bem, Bola. Você "testou" algum, ontem?

— Ontem?

— Não, hoje, boboca! — irritou-se Palito.

— Testei, sim.

— E conseguiu entrar?

— Consegui. Entrei e modifiquei uma série de coisas.

— Era página de quê?

— De uma loja. Não sei de que era. Só sei que era uma loja e, curioso, precisava de uma senha para entrar.

O Clube dos Sete

Já viram isso? O sujeito quer comprar alguma coisa pela Internet e tem que descobrir qual é a senha para entrar no *site* e ver os produtos. Parece até que o dono tem medo de vender! Eu descobri a senha e entrei. Tinha um símbolo esquisito e um texto difícil de entender. Apaguei tudo e coloquei bem grande: Clube dos Sete. Mas agora que eu quero acessar a página de novo, para ver se continua do mesmo jeito, não consigo achar o endereço. Devem ter mudado. Não deixaram o endereço novo. Muito estranho, não é?

— Bola? — foi a minha vez de perguntar.

— Sim?

— Co... Como é que era o nome dessa loja?

— O nome era... era... não sei.

— Tente lembrar, Bola.

— Deixe-me ver. Igualdade... não... Felicidade... Fraternidade... uma coisa assim. Acabava em "ade".

— Liberdade? — perguntou Alice, trêmula.

— Liberdade, isso! Era Liberdade o nome da loja. Por que o interesse?

Alice e eu nos entreolhamos. Estava desvendado, em parte, o mistério.

4.
À PROCURA DE UMA PISTA

O que Alice e eu descobrimos, numa troca de olhares, passamos ao grupo. A Loja Liberdade, em cuja página na Internet Bola entrara, era, com certeza, uma loja maçônica. Por isso Bola não achou, ali, artigos à venda, e era preciso um código para acessar seu conteúdo. Era uma sociedade secreta, como as da época do Império. Até aí conseguimos entender, embora não soubéssemos que ainda havia maçonaria nos tempos de hoje. Tampouco sabíamos quais eram os objetivos da loja, qual a sua luta, a razão de sua existência, o que guardava por trás de tanto segredo e com tanta violência.

Violência, sim, afinal, juntamos as peças do quebra-cabeça e vimos que a surra levada por vovô tinha sido ministrada por gente da Loja. Tinham percebido a intrusão em sua página e aquela tinha sido a forma encontrada para se vingar. Não foram à polícia fazer queixa, não ligaram para minha casa para reclamar. Não. Simplesmente vestiram quatro capangas em paletó, arrumaram um carro preto sem placa e quase matam o meu avô de pancada.

Outra coisa saltava aos olhos e a informação quem nos deu foi Bola: eles tinham equipamentos tecnológicos muito avançados. Em menos de um dia conseguiram rastrear o número do nosso telefone e, como este estava em nome de vovô, presumiram que ele era o culpado.

— Esses equipamentos não são encontrados em qualquer canto e devem custar uma fortuna — acrescentou Bola, nosso perito em informática.

— É, esses caras não estão para brincadeira — falou Jonas. — A gente precisa revidar.

— Calma, vamos pensar — disse eu. — Bola, você disse que a página mudou de endereço?

— Mudou.

— E não tem como encontrá-la?

— Eu estou procurando pelas ferramentas de busca, mas até agora nenhuma conseguiu achar.

— Devem ter mudado de nome — disse Alice.

— Mudado de nome? Não, se eles têm um endereço na Internet é porque precisam dele. Deve ser um canal de comunicação entre os membros da Loja.

— Vai ver tiraram da rede por algum tempo — presumiu Zeca.

— Também não. É como digo: devem precisar da página.

— Quem sabe não mudaram de nome? — tentou Palito, desatento ao que Alice tinha dito antes.

— E eles iam mudar o nome da Loja deles por conta da gente, bocó? — cortou Bola.

— Ora, a gente não mudou o nome do Clube?

— Acontece que essa Loja deve ter uns duzentos anos de existência.

— É isso, pode ser isso. Palito pode ter razão — falou Alice, e Palito fez uma careta para Bola. — Mudar o nome, não digo. Mas, talvez tenham modificado a grafia.

— Modificado a grafia? — perguntou Zeca.

— É. Talvez tenham escrito Lyberdade, com *y*.

Bola tentou Lyberdade com *y*, sem o *e* no final, sem o *r*, de todas as maneiras possíveis e imagináveis, mas não foi feliz. Do mesmo modo, abreviou Loja, tirando o *a*. Nada.

— Em inglês, Bola. Tenta em inglês — pediu Alice.

Ele escreveu *Freedom*, clicou no *mouse*. Nada.

— Bola — sugeri —, tente *Libertas*.

— Como?

— *Libertas*. Liberdade em latim. Antigamente se usava muito o latim. A bandeira de Minas não tem *Libertas Quae Sera Tamen*? Se essa loja for mesmo antiga, talvez tenham optado pelo latim.

— L-i-b-e-r-t-a-s — soletrou Bola, enquanto batia com os dois dedos no teclado. Deu *enter*. Em alguns segundos, uma série de *sites* contendo a palavra *Libertas* aparecia na tela. Saímos procurando, um por um.

O Clube dos Sete

— Isso não vai dar certo — dizia Daniel, o pessimista do grupo.

Ninguém deu muita importância ao que ele dizia, até porque todos já sabiam como ele era. Se alguma coisa podia dar errado, essa coisa daria. Esse era o lema de Daniel. Não confiava em nada, não tinha esperança. Bola, que o conhecia há mais tempo, me disse que ele ficou assim depois da separação dos pais. Que, antes, era animado e extrovertido, mas, com o divórcio, ficara daquele jeito, sem ânimo. Na época, eu falei: "Mas divórcio é uma coisa tão normal!". "Talvez para quem não passou por um, João", foi a resposta de Bola. Eu me calei.

— Isso não vai dar certo — repetia Daniel.

Mal acabou de dizer a frase pela décima vez, Bola deu um salto da cadeira:

— Aqui! É esse!

Na tela, um fundo branco com a palavra *Libertas* escrita em letras vermelhas, garrafais.

— Tem certeza, Bola? — questionou Alice.

— Absoluta.

— Então, vamos entrar — propôs Palito.

— Não! Vocês estão loucos?! — Alice soltou mil exclamações, pondo o corpo entre Bola e a tela do computador. — Querem que seu Augusto seja morto?!

Confesso que não tinha pensado naquilo. Aceitaria, tranquilamente, a proposta de Palito, porque estava morrendo de curiosidade de saber quem eram os da Loja Liberdade. Não pensei que, fatalmente, os maçons voltariam a atacar vovô, como prometido, podendo até assassiná-lo.

— É mesmo, é mesmo, que loucura! Eles ameaçaram vovô e, se têm os equipamentos que Bola diz que têm, amanhã pela manhã virão atrás dele.

— Isso mesmo, é preciso ter cuidado — alertou Alice.

— E o que vamos fazer?

Palito expressou, com essa pergunta, a dúvida que todos trazíamos. Estava combinado que não poderíamos entrar na página da Loja Liberdade, pelo menos não ali do computador do sótão. Por outro lado, "testar" o *site* maçônico, como diria Bola, era nossa única chance de saber o que se passava.

— Já sei — disse Alice, e nos contou o seu plano.

* * *

No dia seguinte, depois do colégio, eu, Alice e Bola fomos ao *shopping center*. Alice pegou a bicicleta emprestada por Zeca. Ela e Jonas eram os únicos do grupo que não tinham bicicleta, seus motoristas buscavam e levavam os dois a todos os cantos. Eram os mais ricos da turma. Alice inventou que teria um trabalho depois da aula, para seu pai não desconfiar. Era filha única, criada pelo pai e por uma governanta. Mas não era mimada.

O Clube dos Sete

Zeca ficou enciumado, queria ir com a gente. Foi Alice quem o convenceu de que indo só os três despertaríamos menos atenção. Despediram-se com um beijo, no pátio do colégio, antes de partirmos. Não quis ver aquele beijo. Algo estranho fez com que eu virasse o rosto. Eu estava com ciúme de Zeca?

Chegamos ao *shopping* e nos dirigimos à livraria, onde havia um terminal de computadores com acesso à Internet à disposição dos fregueses. A ideia era despistarmos os vendedores, enquanto Bola vasculhava o *site* da Loja Liberdade. Foi o que fizemos. De uma prateleira a outra, eu e Alice nos revezávamos pedindo informações como se estivéssemos dispostos a comprar um livro.

O tempo ia passando e nada de Bola dar conta do serviço. Cheguei até ele:

— E aí, Bola?

— Está difícil. Eles colocaram um programa novo de segurança.

— Vai rápido, já está difícil de enrolar os vendedores.

— Estou fazendo o máximo. Estou quase lá.

Voltei para o meu posto. Alice estava no dela.

— Moço, quanto custa esse?

— Olhe ali na máquina.

— Como é que faz?

— Deixe-me ensinar. Vê esse raio vermelho? Você passa o raio sobre o código de barras e o preço sai na tela. Código de barras são essas listrinhas com esses números embaixo, vê?

O homem queria ensinar Alice a ver o preço no computador, quando nós estávamos invadindo computadores nas fuças dele! Quase ri da situação, mas Alice desempenhava o papel tão bem que até a mim pareceu ser verdadeira a sua ignorância. Também, pudera, ela era atriz do teatro infantil do colégio.

— Como é, Bola? Vai ou não vai?

— Vai. Calma, já estou conseguindo.

— A gente está correndo risco, Bola.

— E eu não sei? Mas não sou mágico.

Eu estava nervoso. Fazia uma hora que estávamos dentro da livraria. Dava para pressentir o perigo. Bastava a Loja detectar o computador de onde estávamos tentando quebrar seu código de segurança e estaríamos perdidos. Continuei fazendo de conta que consultava os vendedores, que lia um ou outro livro, puxando os volumes das estantes, mas minhas mãos estavam geladas. Posso garantir que Alice, por mais fria que parecesse, também estava tensa com a demora.

Ia até o computador de novo, pedir a Bola que desistisse, pois não valia a pena, e dizer que voltaríamos outro dia, quando vi entrarem na livraria quatro homens em paletós escuros, celulares na mão. Olhei para Alice, ela olhou para mim. Também os tinha visto. Viramos de costas, encarando as prateleiras. Com o canto dos olhos, observávamos o movimento dos quatro. Cada um foi por um canto da loja, todos se dirigiram, disfarçadamente, para os computadores. Com o coração na mão, fixei a vista no computador de Bola. Bola tinha desaparecido. Suspirei aliviado. Vi ainda um dos homens perguntando algo a um vendedor. O vendedor balançava a cabeça, ora negativamente, ora afirmativamente. Um outro, dos de paletó, falava ao celular. Dois meninos, uma menina e um adulto usavam o terminal de computadores, sem perceber o que se passava.

Averiguados os computadores, os homens passaram a andar por dentro da livraria, procurando os suspeitos. Eu e Alice nos abaixamos por trás de pilhas de livros. Acocorado, eu fingia que lia um livro grosso, quando, atrás de mim, soou uma voz grave:

— Ei!

Voltei-me para o lugar de onde vinha a voz, rosto lívido, suando. Era um dos homens. Não disse mais nada, apenas me fitou, analisando-me.

— Quer alguma coisa, senhor?

Não respondeu. Voltei os olhos para o livro e percebi que ele estava de cabeça para baixo. Se o homem reparasse melhor, saberia que não o estava lendo. Porém, ele passou direto, continuando a busca.

Depois de muito andarem, perguntarem, vasculha-

rem, foram embora. Para nossa sorte, seu alvo eram os adultos. No mínimo, achavam que adolescentes não fossem capazes de fazer o que nós estávamos fazendo.

Cinco minutos após sua partida, encontrei-me com Alice, do lado de fora da livraria.

— E Bola?

— Pensei que estivesse com você.

— Meu Deus! Você viu quando os homens saíram?

— Não vi direito. Por quê?

— Porque eu também não vi direito. Será que levaram Bola?

— Não é possível!

Entramos na loja procurando por Bola. Não estava junto aos computadores, não estava nos corredores, nenhum sinal dele.

— Levaram Bola — comentei.

— Não, não é possível.

Íamos saindo, desolados, mas um ruído nos parou. Um som como o de alguém com um pano na boca, querendo falar. Seguimos o som. Vinha por detrás de uma portinhola. Olhamos melhor: era um elevador pequeno, utilizado para fazer descerem os livros do depósito, no primeiro andar. Continuávamos ouvindo o som:

— Hum, hum! Hum, hum!

Abrimos a portinha. Era Bola, todo encolhido, espremido dentro do elevador, com um papel na boca. Com muito trabalho, conseguimos arrancar seu corpo rechonchudo de dentro do compartimento. Ele tirou o papel da boca:

— Ai! Ai, ai, ai!

— Como é que você foi parar aí dentro, Bola? — perguntou Alice.

— Como é que ele coube aí dentro, eis a pergunta — consertei, mal contendo o riso.

— Está achando engraçado? Passe meia hora aí dentro e você vai ver o que é engraçado. Ai! Acho que quebrei as costas e o pescoço.

— Pelo menos se livrou dos homens — argumentou Alice.

— Melhor do que isso — respondeu ele, com um sorriso maroto.

— Que foi? — perguntamos, ansiosos.

Ele desamassou o papel que estava em sua boca. Mostrou-nos.

— Consegui entrar no *site*. Anotei esses dados.

Enfim, tínhamos uma pista.

5.

O ENIGMA NO PAPEL

Marcamos uma reunião extraordinária, o assunto era grave demais para esperar. Daniel foi o último a chegar ao sótão.

— Que foi que houve? Por que a pressa?

Mostramos o papel a ele.

— Isso aqui quem escreveu foi Bola, não foi? É impossível entender a letra dele.

Antes o problema fosse a letra de Bola. Não era. O problema era o que ele anotara, uma mensagem cifrada que parecia não ter sentido.

— Tem certeza de que era assim que estava lá, Bola? — interroguei-o, pela milésima vez.

— Absoluta.

No papel amarrotado, devidamente traduzido por Bola, porque, realmente, sua letra era ininteligível, o que se lia era o seguinte:

"rua guatimozim, silício, greenwich 16, nova entrega"

O Clube dos Sete

Bola anotou isso de uma mensagem eletrônica. Tinha conseguido entrar no correio da Loja Liberdade, era um gênio! A data do *e-mail* era a daquele mesmo dia, tinham acabado de recebê-lo.

— Rua guatimozim, silício, greenwich 16, nova entrega? Que diabo é isso? — perguntou Daniel.

— Adivinha, Daniel? É justamente o que a gente está tentando descobrir — respondeu Jonas.

Contamos a história que todos já sabiam a Daniel.

— Disso tudo só entendo "rua" e "nova entrega".

— Eu também — disse Zeca.

Era o que o grupo todo sabia. Para piorar, nós procuramos no catálogo e não encontramos nenhuma rua com aquele nome.

— Bola anotou isso errado, no mínimo — acusou Palito.

— Errado é o teu cérebro, desmiolado — rebateu Bola.

— Quem já viu tamanha bobagem?

— Só anotei o que li.

— Então, você não sabe ler.

— Tanto sei que estou lendo, agorinha, o que está escrito na tua testa: burro.

— É que a minha testa reflete como um espelho.

— Querem parar vocês dois! — interrompi. — Que coisa!

— É, Bola!

— É, Palito!

— Não interessa quem é. O que interessa é a gente decifrar esse troço.

— Está vendo, Bola? — continuou Palito.

— Chega, minha gente! Vamos nos concentrar! É hora de juntarmos os nossos esforços — falou Alice.

Palito aquietou-se. Toda vez que Alice levantava a voz, ele colocava o rabinho entre as pernas e se calava. Ao que Bola ria, tapando a boca com a mão e apontando para ele. Então, os olhos de Alice recaíam sobre Bola e era a vez de ele parar com as suas macaquices. Os dois tinham um enorme respeito por Alice. Respeito ou medo dela.

— Bom, pelo menos de uma coisa a gente já sabe: isso é uma mensagem codificada.

— Gran...

Jonas ia dizer "Grande, João! Descobriu o mundo!", mas, a um mero olhar de Alice, fechou o bico. Alice tinha mais controle sobre o grupo do que eu, ia percebendo, talvez pelo fato de ser a única mulher, talvez pelo seu temperamento mesmo. Às vezes, parecia uma adulta no meio de crianças.

Zeca estava mudo. Acho que ele estava com ciúme, ainda. Ciúme da namorada ter se metido naquela aventura, com dois outros meninos, e ciúme de termos saído da aventura com êxito, do que ele duvidava.

O Clube dos Sete   61

— Eles estão querendo nos despistar — opinou Daniel.

—Não, eles não sabiam que a gente ia conseguir entrar na página. Muito menos que entraríamos no correio eletrônico. Além disso, se soubessem e tivessem a intenção de nos despistar, não viriam atrás da gente como vieram. Deixariam a gente ler e pronto — dei o meu parecer.

— João está certo — concordou Alice.

A concordância dela me animou. Senti uma alegria imensa. Estava gostando de Alice? Gostando mais do que como amiga íntima que era? Meu rosto enrubesceu. Cocei as bochechas, para ninguém notar.

— O que a gente tem que fazer é pensar — prosseguiu. — Se a gente pensar, a gente vai descobrir o que essas palavras querem dizer. Agora, se vocês quiserem discutir a tarde inteira, não vamos a lugar nenhum.

Bateram na porta. Eram vovó e Maria trazendo sucos e sanduíches. Vovó, eternamente prestativa! Sabia que eu, Alice e Bola não tínhamos almoçado. Sabia também que, se deixasse, não comeríamos. Trouxe, portanto, um lanche reforçado para todos. Mesmo quem já tinha comido, atracou-se com os sanduíches de vovó, os melhores produzidos em toda a cidade.

— Como vai o Clube? — perguntou ela, sorridente.

— Bem, dona Marilda — responderam meus companheiros.

— Que bom! Trouxe um lanchinho para os meus heróis prediletos.

— Obrigado, dona Marilda — ecoaram.

— Como vai seu Augusto, dona Marilda? — quis saber Alice.

— Ah, aquele homem é um touro! Daqui a menos de uma semana está de pé, novamente. Diz que não aguenta ficar deitado o dia todo, pode?

— Seu Augusto tem muita saúde — completou Maria.

— Bom, vou deixar vocês a sós. Imagino que a pauta de discussões hoje esteja cheia — disse, brincando, sem saber que não poderia estar mais perto da verdade. — Até mais tarde, meus filhos.

— Até, dona Marilda.

— Tchau, vó. E obrigado.

Ela piscou um olho para mim e fechou a porta atrás de si.

* * *

Talvez tenha sido o efeito regenerador da comida, talvez tenha sido apenas coincidência. O fato é que, no meio do meu sanduíche, todos calados, comendo, lembrei-me de algo que seria fundamental para a explicação do enigma no papel.

Deixei o pão pela metade no prato e fui até a estante de livros. Peguei meu caderno da escola, passei a folheá-lo, sob os olhares interrogativos dos outros. Parei na parte de História, corri mais algumas folhas. Achei o que queria, o trabalho sobre o Império que li na sala de aula. Ali não tinha a informação que procurava, não a coloquei no trabalho, achei desnecessário. Peguei então o livro de História do Brasil, abri na parte desejada e lá estava. Em seguida, fui até a mesinha onde ficava o catálogo telefônico. Corri as páginas. Parei na letra *p*.

— Descobri, gente! O nome da rua onde vai se dar a tal "entrega", eu descobri!

— Como, João? — aproximou-se Alice.

— Guatimozim. Estava claro. Guatimozim era o nome de D. Pedro I em sua ordem maçônica. Os maçons o chamavam de Guatimozim. Ora, sendo a Loja Liberdade uma organização maçônica e, ainda por cima, querendo esconder a mensagem, obviamente optou pelo nome Guatimozim. Estão se referindo à rua D. Pedro I.

— Grande, João! — exclamou Jonas, sem ironia, dessa vez.

— Genial! — fez coro Palito.

— Tudo bem, a gente sabe o nome de uma rua, e o resto? — jogou um balde de água fria, como sempre, Daniel.

— Bom — respondi. — É um começo. Já sabemos que se trata de um endereço.

— Exatamente — falou Alice. — Nesse endereço, ha-

verá uma entrega. Os outros dados também se referem ao endereço, assim fica mais fácil. Por favor, Bola, leia a mensagem mais uma vez.

Bola leu:

"rua guatimozim, silício, greenwich 16, nova entrega"

— Silício! — sobressaltou-se Palito, que adorava Química. — Silício é o elemento de número atômico 14 da Tabela Periódica!

— Grande, Palito! Rua D. Pedro I, número 14, é isso! — exultou Jonas.

— É, mas ainda tem esse tal de greenwich — resmungou Daniel.

— Greenwich? — pediu confirmação Alice.

— É. Greenwich 16.

— Meridiano de Greenwich, aprendi isso em Geografia, semana passada! O meridiano de Greenwich é uma linha imaginária que passa por sobre Greenwich, na Inglaterra. Ela é referência para as horas no mundo todo. É quem marca o fuso horário. Estamos três horas atrás de Greenwich. Quando são três da tarde na Inglaterra e em alguns outros países cobertos pelo meridiano, aqui, no litoral do Brasil, é meio-dia. A mensagem diz Greenwich 16. Deve estar querendo dizer quatro horas da tarde em Greenwich, o que significa dizer uma hora da tarde aqui.

— Matada a charada! — decretei. — Seja lá o que eles vão entregar, vai ser à uma hora da tarde de amanhã, na Rua D. Pedro I, na casa de número 14. Precisamos estar prontos. Vamos descobrir quem são esses homens.

6.
MAIS UMA PISTA

Em toda a cidade, havia três ruas com o nome do primeiro imperador do Brasil. Uma no centro, outra no subúrbio e, por fim, uma num bairro nobre. O grupo teve que se dividir. Daniel e Jonas ficaram com o bairro nobre. Alice e Zeca com o centro. Eu, Bola e Palito com o subúrbio. Tirando o bairro nobre, vizinho ao nosso, os dois últimos lugares eram estranhos à gente. Jamais tínhamos ido ali. Eram bairros pobres. Não os conhecíamos.

A partir do guia de ruas, observando os mapas, traçamos o itinerário de cada um do Clube dos Sete. Daniel e Jonas não precisariam de mapas, sabiam muito bem aonde ir. Quanto aos outros, os que teriam de andar mais éramos eu, Bola e Palito. O centro até que não ficava tão distante, mesmo considerando que iríamos de bicicleta.

As subdivisões chegariam ao local designado meia hora antes de uma da tarde, para conhecer o terreno, localizar a casa de número 14 e encontrar um bom esconderijo. Desejamos boa sorte uns aos outros, à saída do colégio, e acertamos que nos reuniríamos, o mais cedo possível, na sede do Clube.

* * *

Convidei Bola e Palito para almoçarem lá em casa, já que não teríamos muito tempo. Eles aceitaram. Avisei vovó dos convidados extras e da nossa pressa.

Quando chegamos, a mesa já estava posta.

— Oi Bola, oi Palito, oi meu neto — recebeu-nos afetuosamente vovó.

— Oi, dona Marilda.

— Oi, vó.

— O almoço já está pronto. Como eu sei que Bola gosta de massas, preparei uma bela macarronada três queijos e um empadão de camarão. Como Palito não é de comer muito, mas é viciado em doces, fiz uma sobremesa de musse de chocolate e bolo de milho, receita de minha mãe. Maria, vamos servir os meninos.

À medida que os pratos chegavam à mesa, os olhos de Bola cresciam, sua boca enchia-se d'água. Mesmo Palito, fraco de apetite, não se conteve ante o espetáculo gastronômico preparado por vovó.

— Vamos, minha gente! — apressei-os. E perguntei a vovó: — Como está vovô?

— Resmungando, como sempre. Diz que vai se levantar, que já está bom etc. O médico disse que não pode, que precisa de mais descanso. Mas você sabe como ele é: teimoso como uma mula.

O prato de Bola era uma coisa inacreditável. Mal conseguia vê-lo por trás da comida. Vovó sorria, contente, era do tempo em que gordura era associada a saúde e sentia-se honrada quando alguém abusava dos pratos que preparava. Palito, por outro lado, embora comesse pouco, passou do seu normal. Era enjoado para comer, mas, como vovó disse, viciado em doces.

— Vamos, minha gente, rápido.

— Calma, Joãozinho, deixe os meninos comerem em paz, ainda há a sobremesa.

— É, Joãozinho — disse Bola, de boca cheia.

— É, João — disse Palito, esperando a sobremesa.

Eu comi pouco. Não conseguia tirar da cabeça o que estávamos prestes a fazer. Vovó não percebeu. Do contrário, teria dito:

— Coma Joãozinho, você não está comendo nada! Desse jeito, vai ficar doente.

Nem poderia perceber, porque, juntando a minha porção e a de Palito, Bola comeu pelo menos sete vezes mais. Repetiu o prato três vezes. Deixou as travessas quase vazias.

Todo o tempo, eu insistindo:

— Vamos, Bola!

E Palito, no anseio da sobremesa:

— É, Bola, vamos!

Eram doze e vinte, no momento em que Bola aposentou garfo e faca. Não porque quisesse, por ele ficaria a tarde inteira comendo, mas porque era preciso ir.

— Agora, a musse — disse vovó.

— Não, não, vó, não há tempo.

— Mas claro que há, João! E a gente vai fazer uma desfeita dessa com dona Marilda? — reclamou Bola.

— Pois é, uma desfeita — ressoou Palito, salivando.

— É, meu filho, deixe os meninos em paz. Não vê que eles querem comer? Maria, traga a musse, por favor.

— Com todo prazer, dona Marilda.

E lá vinha Maria, com um recipiente cheio de musse, risonha como só ela. Maria trabalhava lá em casa há trinta anos, e não me lembro de um dia em que estivesse mal-humorada.

— Desculpe, vó, mas não há tempo. Temos de ir. Comemos outra hora. Vamos, pessoal!

As feições de desconsolo de Bola e Palito davam dó. Com os olhos maiores do que a cara, miravam o doce, melancólicos.

— Deixe, ao menos, eu colocar a musse em copos plásticos, para vocês irem comendo no caminho — pediu vovó.

— Tudo bem, tudo bem, vó.

Palito e Bola abriram um sorriso de orelha a orelha.

* * *

Seguia à frente. Com um rascunho do mapa seguro entre minha mão e o guidom, pedalava, ligeiro. Pouco atrás, Palito, que nunca aprendera a andar de bicicleta direito, vinha num desalinho só, ziguezagueando. Faltava a ele o mínimo de coordenação motora. Por último, bem atrasado, segurando, desastrosamente, o copo com musse na mão, lambuzando-se todo, arrastando-se, vinha Bola. De constituição pesada, pouco dado a exercícios, Bola, ainda por cima, estava empanturrado do almoço e, para piorar, tentava comer e pedalar ao mesmo tempo. Ou seja, um desastre completo. Jamais houve tropa mais desajeitada no mundo.

Lá detrás, Bola gritava:

— Esperem! Esperem por mim!

E suava e arfava, em petição de miséria.

Não podia esperar. Faltavam dez minutos para uma hora, estávamos fora do horário. Deveríamos ter chegado meia hora antes da hora marcada para a "entrega".

— Falta pouco, vamos! — gritava, incentivando-o.

— Eu estou morrendo! — gritava Bola de volta.

Palito não gritava nem falava, já tinha problemas demais tentando dominar a sua bicicleta.

— Vamos!

— Ai!

— Vamos, Bola! Só mais cinco quarteirões.

— Cinco? Eu não aguento!

O Clube dos Sete

Mas, apesar do nosso percurso ter sido um pouco atrapalhado, de termos girado várias vezes num mesmo ponto e de termos subido e descido várias vezes inúmeras pontes do rio Capibaribe, que corta toda a cidade, Bola aguentou até o fim. Chegamos ao nosso destino sãos e salvos.

Fui o primeiro a entrar na rua. Desci da bicicleta, procurei o número 14. Lá estava: era um galpão enorme e arruinado. Arruinado como todas as casas da região, em nada parecidas com as casas grandes e floridas do nosso bairro. Nosso, sim, porque morávamos, nós do Clube dos Sete, todos juntos, a poucas quadras uns dos outros. Ali, não havia flores. Na rua D. Pedro I, então, o calçamento inexistia. A rua parecia abandonada. Olhei para o relógio: cinco para uma.

O galpão ficava em uma esquina. Encontrei um lugar na esquina oposta, entre um poste e um monte de lixo. Abriguei-me. Depois, chegou Palito. Muito depois, chegou Bola, ofegante, segurando-se pela parede, sem conseguir respirar. Ficamos os três de tocaia.

— Tudo bem, Bola?

Ele fez sinal positivo com o polegar, não conseguia falar.

— E você Palito? Que cara é essa?

— Deixei a porcaria da musse cair no meio do caminho! Droga!

Sorri. Estávamos escondidos, prestes a desvendar um mistério ou adicionar mais ingredientes a ele, uma situação das mais tensas, e Palito preocupado por ter deixado a musse dele cair!

* * *

Uma hora e dois minutos. Vimos uma Kombi velha, caindo aos pedaços, soltando fumaça preta pelo cano de escape e fazendo um barulho horrendo, estacionar em frente ao portão do armazém. O motorista desceu e tocou a campainha. Um homem de paletó, um dos que nos perseguiram, saiu e entabulou uma conversa com ele. O motorista abriu a porta da Kombi e desceram oito pessoas, entre adultos e crianças, vestidas em farrapos. O homem de paletó checou uns e outros como gado, apalpou os corpos, verificou os dentes, mandou que alguns tirassem as camisas. No final, sem dizer nada, tirou um bolo de dinheiro do bolso e passou-o ao motorista. Este contou o dinheiro, lambendo os dedos, falou algo mais, sorridente, e estendeu a mão para o homem de paletó, que não retribuiu o cumprimento. Abriu o galpão, as pessoas entraram, a Kombi partiu. Fechou o portão de aço atrás de si.

— E agora? O que é que a gente faz? — indagou Palito.

— Vamos seguir a Kombi.

— Não! Pelo amor de Deus, eu não consigo mexer um músculo! — implorou Bola, juntando os últimos resquícios de ar que lhe sobravam.

— Mas a gente precisa seguir essa Kombi e ver aonde ela vai!

— Como, João? Você quer seguir um carro de bicicleta? Tudo bem que aquela Kombi não é propriamente um carro, mais parece uma carroça. Mas, mesmo assim... — argumentou Palito.

Tinha razão. Não conseguiria seguir a Kombi e, também, seria muito arriscado. Não sabíamos com quem estávamos lidando.

— Em todo caso — falei —, sigo apenas para anotar o número da placa. Fiquem aqui, já volto.

— Não perca seu tempo — disse Palito. — Já anotei o número da placa.

— Dessa distância?

— Dessa distância.

— É impossível.

— KGC-4669.

— Palito, se você estiver brincando...

— Não estou brincando.

Não estava mesmo. Palito tinha umas aptidões inusitadas. Quando a gente menos esperava, ele saía com uma dessas. Como é que tinha enxergado a placa da Kombi? Só Deus sabe. Isso porque ele era quase cego.

O Clube dos Sete

Míope, míope. Seu grau era alguma coisa como seis ou sete em cada olho. Vai ver era isso: com aquelas lunetas dele, dava para ver até as crateras da lua. Não me restou mais nada, senão dizer:

— Então, vamos para o Clube. Vamos ver o que os outros conseguiram apurar. Se essa aqui é, realmente, a rua D. Pedro I da mensagem ou se tudo não passou de coincidência. Uma grande coincidência.

— Esperem. Ainda não tenho forças — implorou, ofegante, Bola.

Enquanto aguardávamos Bola se recuperar, alguns meninos de aparência pobre, talvez moradores do bairro, talvez meninos de rua, aproximaram-se. Passaram os olhos por nós e pelas nossas bicicletas. Eram quatro ou cinco. Palito estremeceu:

— Jo-João? Jo-João?

— Hein?

— Acho que vã-vão assaltar a gente.

— Calma.

Quando menos esperava, segundos depois de ter pedido um tempo para tomar gás, motivado pela chegada dos moleques, Bola estava novo em folha e pronto para partir.

— Vamos, vamos! Que é que estão esperando? — disse, disposto.

Nunca pedalou tão rápido em sua vida.

7.
NO ENCALÇO DA KOMBI

Atracamos exaustos na sede do Clube. Todos nos esperavam. Assim que abri a porta, Alice veio ao meu encontro:

— E aí? Conseguiram algo?

— Conseguimos.

Narrei o acontecido na rua D. Pedro I, enquanto Bola arriava no sofá, bufando, vermelho e suado, e Palito atacava na cozinha uma última porção de musse.

— E esse galpão não tinha nada dizendo do que se tratava? Se era uma fábrica, um armazém, nada? — perguntou Alice.

— Não, não tinha. Conseguimos o número da placa da Kombi, no entanto.

— É um começo.

— E vocês?

— Bem, Daniel e Jonas descobriram a casa de uma senhora muito simpática no número 14 da rua deles. Quanto a mim e Zeca, tudo o que conseguimos foi sermos assaltados.

— Assaltados?

— É, uns meninos de rua levaram a bicicleta de Zeca, nossos tênis e dinheiro.

— E como é que vocês voltaram?

— A pé.

— E no número 14, o que havia?

— Um enorme edifício, feio e acabado.

— Se fosse comigo, esses trombadinhas iam ver! Ah, se iam! Deviam exterminar essa raça! Essa sub-raça! — alteou a voz Jonas.

— Estou de acordo: é o que eles merecem! — ajudou-o Daniel.

— Eu não podia fazer nada, estavam com canivetes. Não fossem os canivetes! Ah, bem que eu queria esmurrar um desgraçado daquele! — juntou-se aos outros Zeca.

Não sabia se concordava ou discordava deles. Estava com a cabeça na rua D. Pedro I — onde por pouco nós também não fomos roubados —, na Kombi, naquelas pessoas estranhas e no homem de paletó. Alice tampouco parecia escutar o que os três diziam:

— Que é que você acha, João?

— Não sei, não sei o que pensar.

— Acho que o mais certo é procurarmos o dono da Kombi.

— Como?

— Vocês não têm o número da placa? Deve haver alguma maneira.

— E há — disse Bola, deitado no sofá.

— Qual, Bola? — perguntei.

— É só testarmos o *site* do Detran.

— Como assim?

— Ora, a página do Detran tem todo tipo de informação sobre os automóveis e seus donos.

— Então, mãos à obra!

— Agora, João?

— Agorinha mesmo.

Saiu de sua modorra e sentou-se em frente ao computador. Perguntou a Palito o número da placa.

— Placa? Que placa?

— Vamos, Palito.

— Não sei do que você está falando, Bolinha.

Só chamava Bola de Bolinha quando queria aporrinhá-lo.

— Não tenho tempo para as suas brincadeiras, Palitinho. Vamos, o número da placa, pau de bambu.

— Deixe-me ver: K... K... Ih, não consigo lembrar!

— Está vendo o que dá confiar nesse daí? — reclamou Bola.

— Você esqueceu o número da placa, Palito? — perguntei, quase engasgado.

— Não. Espere. K... K... KG...

— Eu vou quebrar a cabeça dele! — disparou Bola.

— KGC. Isso mesmo. KGC alguma coisa.

O Clube dos Sete

— Alguma coisa! De grande utilidade a sua informação!

— Calma, Bola. Chego lá. KGC. KGC é certo.

— Você não anotou, Palito? — quis saber Alice, roen-
do as unhas.

— Anotei.

— E cadê o papel?

— Anotei na cabeça.

— Ou seja, anotou no vácuo — falou Bola, sentando-se no sofá.

— Calma, meu povo. Já está vindo. KGC-46... 469...
KGC-469, é isso.

— Palito — tentei falar o mais calmamente possível
—, as placas dos carros têm quatro dígitos, Palito.

— Ops! É mesmo. KGC-469... 4699. 4699, acho que
é isso. Não, não é. É 4669. Isso, agora tenho certeza. KGC-
-4669. Pode botar aí que eu garanto.

Meio descrente, Bola voltou ao computador. Em poucos minutos, tinha os dados completos do dono do veículo: José Pascoal do Nascimento Silva. Vinte e oito anos.
Sexo masculino. Casado. Nacionalidade: Brasileira. Na-
turalidade: Rio de Janeiro - RJ. Endereço: Rua da Saudade, 25, Alto da Maré, Recife - PE. Imprimiu tudo e me en-
tregou:

— Aí está o nosso homem.

— Alto da Maré? Onde é que fica isso?

— Não tenho a mínima ideia, Alice — respondi.

— Deve ser um morro, favela — disse Jonas, com desprezo.

— Ah, meu Deus! Em que fomos nos meter! — suspirou Daniel.

— Não quero passar pelo que passei outra vez. Esse lugar deve ser muito perigoso. Não sai da minha cabeça a imagem dos meninos de rua — falou Zeca para si mesmo.

— Minha gente, vocês não veem que não há mais volta? Mais perigo do que já passamos não pode haver — comentei.

— Estou com João — apoiou Alice.

— Eu também — disse Bola.

— E eu — ajuntou Palito.

Eram sete horas da noite quando a reunião acabou. Decidimos continuar nossa busca no dia seguinte. Estávamos todos exaustos. Na saída, Alice me deu um beijo no rosto e meu coração bateu descompassado.

* * *

Retornamos ao sótão às duas da tarde. Foi o tempo de todos almoçarem, darem uma desculpa qualquer em casa e virem. Todos, não. O pai de Jonas o deixou de castigo, Daniel e Zeca tinham lição de casa para fazer. Mais uma vez, procuramos no guia o caminho até o Alto da Maré. Era longe. Muito, mas muito longe mesmo. De bicicleta, levaríamos umas quatro horas até lá, além de corrermos o risco de ser assaltados. Teríamos de ir de ônibus.

Nenhum de nós havia pego ônibus antes.

— Ônibus? — perguntou Bola.

— Ônibus? — repetiu Palito.

Até Alice hesitou.

— Ônibus é o único jeito, minha gente. E, também, é melhor nos vestirmos da maneira mais simples. Nada de tênis ou camisa de marca. Sandália, bermuda surrada e camiseta.

Peguei algumas roupas velhas do armário, que vovó já tinha guardado para dar a algum pedinte. Fechamos os olhos, de costas, para Alice se vestir. Como as roupas eram unissex, não destoariam nela. De vez em quando, Palito abria uma brecha entre os dedos para olhar, eu o acotovelava, ele se recompunha.

— Podem abrir.

Abrimos os olhos. A roupa ficou boa nela. Um pouco folgada, mas perfeita para o nosso objetivo. Foi a sua vez de fechar os olhos. A gente se vestiu. Em Palito, camiseta e blusa pareciam um saco só. Quanto a Bola, os panos, esticados ao máximo, deixavam o umbigo de fora e as pernas da bermuda, apertadas, dificultavam um pouco o movimento, mas nada de mais.

— A gente vai às compras, é? — zombou Bola.

— Por quê, Bola? — perguntou, inocentemente, Alice.

— Porque a gente está levando um saco de compras — arrematou, apontando para Palito.

— Mas, vejam só! — devolveu Palito. — Tem gente que não se enxerga mesmo, não é? O homem está aí todo amarrado, parecendo um boneco João Bobo, e ainda vem falar dos outros!

— Vamos! — interrompi, antes que passassem a tarde e a noite trocando xingamentos.

Havíamos ligado para a empresa de transportes urbanos para saber qual a parada onde pegaríamos o ônibus. Os ônibus, melhor dizendo. Teríamos que pegar três ônibus até o nosso destino, seria uma verdadeira viagem rumo ao desconhecido.

Subimos no primeiro às três horas. Pedimos ajuda ao motorista, ele indicou a parada seguinte. Durante o percurso, permanecíamos calados, olhando a paisagem nova pela janela: a avenida movimentada, pedestres comprimidos uns contra os outros, apressados, suando sob um sol inclemente. Barracas de frutas com vendedores gritando seus pregões obstruíam a passagem nas calçadas. Velhos prédios, com grandes marquises e lojas no térreo, ou sobrados de séculos passados, completavam o quadro. Estávamos no centro da cidade.

Entramos no segundo ônibus às três e quarenta e

O Clube dos Sete

85

cinco. Já então, não tínhamos a mais remota ideia de onde estávamos, só sabíamos que nos encontrávamos em território totalmente estrangeiro. Ali, os prédios haviam desaparecido de todo e as casas, em sua maioria pintadas de rosa, verde ou amarelo, eram pequeninas e coladas umas às outras. Em meio às residências, predominavam borracharias, postos de gasolina e lojas de autopeça. Um parque com carrosséis e roda-gigante, as ruas marginais acanhadas e praças simples, no entanto, davam a ideia de estarmos numa cidade do interior. Ao fundo, surgiam morros lotados de casebres.

Finalmente, pegamos o último ônibus, em cujo letreiro se lia Alto da Maré, num beco estreito, de barro, às quatro horas e trinta, e saltamos meia hora depois. Duas horas de ônibus! Começava a entender o sufoco de Maria, perdendo quatro horas, diariamente, só em transporte, para ir e voltar, da sua para a minha casa. Isso enquanto eu, meus amigos e seus pais tínhamos carro e todo o conforto para ir e voltar da escola e do trabalho, tão próximos de onde morávamos!

* * *

O Alto da Maré era, como imaginava Jonas, uma favela. Uma gigantesca favela sobre o morro. Entre os habitantes do Alto, ele era mais conhecido como Morro da Maré. Chamava-se "da Maré" porque era cercado pelo mangue. Aliás, o único verde, propriamente dito, que existia no Morro era o da vegetação do manguezal e de alguns poucos cajueiros. Pude perceber que, à medida que nos aproximávamos dele, as ruas ficavam mais escuras e esburacadas, com menos árvores. Córregos malcheirosos e muito mato invadiam as vias.

Mais uma vez, é importante lembrar, nenhum de nós tinha visto uma favela. Não daquele jeito, tão próxima. Víamos favelas de passagem, através da janela do carro, mas não ligávamos muito, eram só mais um tijolo na paisagem. Agora, nos defrontávamos com a realidade crua. A favela era um amontoado de casas paupérrimas e palafitas, suas ruas eram becos emporcalhados e enlameados, com gente subnutrida, miserável, sem dentes, sem roupas, sem nada.

Aquilo foi um choque para mim. E não poderia deixar de ser. Claro, já havia lido em livros e em revistas, sabia que o Brasil era um país pobre, sabia que a maioria de nossa população não tinha condições mínimas de existência. O próprio professor Antônio, de quem tanto gostava, repetia sempre que nós éramos privilegiados, estudávamos em colégio privado, tínhamos casas próprias, confortáveis, médicos do plano de saúde, podíamos ir ao *shopping*, ao cinema, ao teatro, fazíamos aniversários com muita comida e bebida, lanchávamos na cantina da escola, enfim, tínhamos muito, muito mais dinheiro do que o restante do povo. E dizia: "quando brigarem com seus pais porque eles não querem pagar uma viagem à Disney ou comprar um CD ou mesmo um sorvete, lembrem-se de que tem gente que come dia sim, dia não, e que não tem nenhum dos luxos a que vocês estão acostumados".

Ora, isso, ouvido assim, entra por um ouvido e sai pelo outro, como se diz. São palavras, somente, na boca do professor ou no texto do livro, da revista. Sentir a pobreza, saber o que ela era realmente, nós não sabíamos. Escalando as vielas do Morro da Maré, depois que saímos do ônibus, ia me dando conta de como eu e meus amigos vivíamos num mundo de fantasia. Da escola para casa, de casa para o *shopping* ou para uma festa, por onde quer que andássemos, as ruas eram limpas, asfaltadas, iluminadas, as casas ou arranha-céus eram bonitos, as pessoas se vestiam bem, havia segurança. E quando a segurança se mostrava frágil, a culpa recaía, injustamente, sobre os pobres, os miseráveis. Nós, da classe média e da classe mais alta, tínhamos certo pavor, pânico daquela pobreza que gerava ladrões. Que foi que Jonas disse, ao saber que Zeca e Alice haviam sido assaltados? "Se fosse comigo, esses trombadinhas iam ver! Ah, se iam! Deviam exterminar essa raça! Essa sub-raça." E os outros concordaram, eu mesmo fiquei sem saber o que dizer. Agora, subindo o morro, eu me punha no lugar deles e imaginava como seria passar fome e ver, ao mesmo tempo, tantos jovens com sapatos novos, roupas de marca, dinheiro para gastar com o que bem entendessem. "Sub--raça", Jonas disse. Teria dito melhor se dissesse subcidadãos, cidadãos de segunda categoria, que viviam no mesmo país, mas não tinham os mesmos direitos e, muitas vezes, eram obrigados a roubar, não por maldade, nem mesmo por invejar o conforto do outro, mas simplesmente para comer. Pensei comigo mesmo que nenhuma aula do mundo valia tanto quanto conhecer uma favela de perto, encontrar-se com a miséria, enfiar-se na lama.

— E agora? — perguntou Bola.

— É, e agora? — soou seu eco, Palito.

— Vamos continuar perguntando — disse Alice.

— É o jeito — respondi.

Íamos perguntando qual a direção a um e a outro morador e, mesmo os que não sabiam, nos atendiam com extrema delicadeza. Pareciam subservientes. Comecei a sentir remorso. Era de classe média, mas, comparando-me àquelas pessoas, era rico, milionário. Estava constrangido.

— O senhor continua subindo, subindo, aí vai ver uma casa laranja, a casa de seu Malaquias. Dobra na rua dela e segue em frente.

"Senhor"! Um senhor de idade me chamou de "senhor", pelo simples motivo de pertencermos a uma classe econômica superior, fato que nem as nossas piores roupas podiam esconder. Era a "perda da dignidade", de que falava o professor Antônio. Aquela gente, a nossa gente, no caso, já que se tratava da maioria do povo — a nossa gente nascia e vivia para servir, como no tempo da escravidão. A escravidão era um dos motivos da pobreza, juntamente com o descaso do Estado e a falta de iniciativa da sociedade. A sociedade somos nós todos, eu fazia parte da sociedade, eu também era responsável por aquele estado de calamidade. "Nossa gente", repetia para mim mesmo, "nossa gente". O povo, que a gente das classes mais abastadas vê como inimigo, é a nossa gente, é o nosso povo, o povo brasileiro.

— Algum problema, Joãozinho? — perguntou-me Alice, passando a mão nos meus cabelos.

— Não, nada, não.

Ela continuou me olhando, alisando os meus cabelos, enquanto andávamos. Posso garantir que Alice estava sentindo o mesmo que eu. Tenho certeza de que ela sabia o que se passava comigo. Alice já tinha se apresentado com o grupo de teatro numa favela, antes. Mais de uma vez, se não me engano. Estava mais acostumada com o que via. O grupo de teatro até doava alimentos para uma favela mensalmente. Eu não doava, nunca doei. Sentia-me muito mal.

— Chegamos. É a casa laranja — disse Bola.

— A casa laranja — repetiu seu papagaio, Palito.

— Vamos em frente — comandou Alice.

Seguimos em frente. Meninos magros mas barrigudos brincando com lixo na porta dos casebres, com os pés na lama, outros jogando pião e empinando pipa, brincadeiras de que o meu avô dizia ter participado na infância. Aqui e ali, víamos, pelo chão, casquinhos de caranguejos apanhados no mangue. Defronte de um barraco de madeira, tinha uma senhora negra com a cabeça toda branca, sentada numa cadeira de balanço. Pedimos informações a ela.

— Por favor, senhora, essa aqui é a rua da Saudade?

— Não, meu filho. A rua da Saudade é a outra. Na próxima esquina, dobre à direita.

— Obrigado.

— De nada, meu filho.

Fizemos o que ela disse, entramos na rua da Saudade, depois de termos nos perdido diversas vezes no labirinto de casas. Estávamos quase no topo do morro. Bola mal respirava, andava segurando os joelhos. Eram seis horas da tarde. O escuro cobria o Alto. O perigo aumentava.

Encontramos a casa de número 25. Batemos. Um homem de cabelos encaracolados, longos, e bigode ralo nos atendeu. Era o motorista da Kombi.

* * *

O Clube dos Sete

Não tínhamos elaborado um plano. Só quando o homem apareceu é que me dei conta disso. Estávamos batendo na porta de um sujeito perigoso, ao que tudo indicava, e sem a mínima ideia do que iríamos dizer ou fazer. Quatro adolescentes não seriam capazes de intimidá-lo, não poderíamos encostá-lo na parede e exigir que contasse a verdade. Com um soco, ele nos derrubaria.

— Vocês são do laboratório? — perguntou o motorista, encostado no umbral da porta.

— Não, nós... — ia dizendo Palito.

Dei um pisão no seu pé.

— Somos sim — afirmei.

— E por que vieram em quatro?

— Novas ordens — continuei a mentir.

— E essa menina?

— Está com a gente.

— Estão usando meninas agora?

— Estão.

— Todo dia é uma ordem diferente! Esse pessoal é muito enrolado... não sei por que tanto mistério! Bom, eu faço a minha parte. Trouxeram o pedido?

— Trouxemos, sim, senhor.

— Senhor, ahn? Finalmente começam a me tratar bem. Vamos, entrem.

— Com licença.

Entramos na casa do motorista. Sua casa diferia, e

muito, das outras do morro. Era maior do que a minha, para se ter uma ideia. De alvenaria, tinha dois andares e duas salas espaçosas. Em seu interior, objetos de valor, como som estéreo, televisão de trinta polegadas e videocassete. Sentamos em um sofá, ele em outro, de frente para a gente. Do andar de cima, vinha o som de alguém tentando se conectar na Internet.

— Querem beber alguma coisa? — ofereceu, preparando uma dose de uísque para ele.

— Não, obrigado — respondi.

As pernas de Palito, tremendo, batiam nas minhas. Bola estava duro como uma estátua. O peito de Alice arfava, com rapidez. Tentei manter o controle.

— E então? Quais são as ordens? — perguntou o motorista, sentando-se.

— As ordens... — titubeei — as ordens são as mesmas.

— As mesmas? Como assim?

— As mesmas... de sempre.

— Como as mesmas de sempre? Todo dia mudam!

Falei asneira. Ele mesmo tinha dito que as ordens mudavam sempre. Tentei consertar:

— As mesmas de ontem.

— Ah, as mesmas de ontem.

— Sim, as mesmas de ontem.

— A mesma quantidade?

— A mesma.

— Homens, mulheres e crianças?

— Sim.

— E o horário?

— O mesmo.

— Quer dizer que eles já mataram mais oito?

— Acho que sim, senhor.

— É, o negócio está prosperando! Quem os mandou aqui?

— O chefe nos mandou.

— O chefe?

— É, o patrão.

— O patrão! Não vou com a cara daquele homem, sabia? Ele é só um pau-mandado e tem o rei na barriga!

Devia estar falando do homem de paletó, aquele que o atendera no dia anterior. Voltou a falar:

— Mas isso não sai daqui, ouviram? Se eu souber que ele descobriu o que disse dele, vocês estão fritos!

— Tudo bem, senhor.

— Muito bem, podem ir se retirando.

Íamos nos levantando, ele disse:

— Esperem.

Ficou calado, inspecionando com os olhos. Percebeu as pernas trêmulas de Palito.

— Só mais uma coisinha... O código. Qual é o código do serviço?

O Clube dos Sete

95

— O código? — perguntei de supetão, sem resposta pronta.

— É, o código. Você me ouviu muito bem.

Ele sentou na beiradinha do sofá. Tinha que dizer algo.

— Código Azul.

— Código Azul?

— É, código Azul. Foi o que disseram.

— Disseram, foi?

— Sim, senhor.

— Ah, eles inventam cada uma! Código Azul, dessa vez? — falou, rindo.

— Foi. Código Azul — ri também, dissimulando meu nervosismo.

Num rompante, ele cessou o riso e levantou-se:

— Não existe nenhum código Azul, seus mentirosos! Não existe código nenhum, estava só testando vocês! Quem são vocês, garotos?

Bola foi o primeiro a gritar:

— Socorro!!!

Saímos correndo. O motorista deu um berro para dentro da casa:

— Hulk, Trovão! Pega!

Dois cachorros *pitbull* saíram do corredor para nos pegar. Fugimos pela porta, em disparada. Na descida da ladeira, Bola era o primeiro. Segurei a mão de Alice e a puxava com força, os cachorros estavam a poucos passos e latiam feito loucos. Olhei para trás, não via Palito.

— Palito! — gritei.

— Palitooooo! — desesperou-se Alice, percebendo o mesmo que eu.

— Palito? Cadê ele? Cadê Palito, João? — perguntou Bola aos berros, só então se dando conta de que havíamos nos perdido de nosso amigo.

— Palitooooo! — gritamos os três, mas aqueles cães não nos davam trégua para pensar. Não demoraria muito e eles nos morderiam, já estavam quase em nossos calcanhares.

— Socorro! Socorro! Palitoooo! — continuávamos a gritar.

Foi quando vimos um menino de nossa idade, mais ou menos, à porta de um casebre, entre os matos.

— Por aqui! — chamou-nos, indicando a entrada da casinha.

Entramos como um furacão, ele fechou a porta, antes que os cachorros pudessem entrar. Estávamos salvos, mas Palito não estava conosco. Tinha ficado preso na casa de Zé Carniça.

* * *

Bola queria sair, de todo jeito, para ir resgatar Palito. O rapaz que nos salvou desaconselhou:

— Vocês estão malucos? Não sabem com quem estão mexendo?

— Não — respondi.

Ele olhou para mais dois companheiros que estavam também dentro do casebre, um menino e uma menina. Tornou a nos fitar.

— Vocês não sabem quem é Zé Carniça? Vocês não moram por aqui, não é?

— Não, não moramos. Mas, por favor, não nos façam mal — rogou Alice, sentada no chão de cimento, como todos, encostada à parede e ao meu ombro, ainda segurando a minha mão. A casa era de taipa, tinha apenas um cômodo, não tinha móveis.

— Fazer mal? Mas é contra o mal que nós lutamos.

— Nós? — perguntei.

— É, o Clube da Maré.

— Clube da Maré?

— É um clube que criamos, eu, esses dois e mais dois amigos que não estão aqui. Criamos justamente para combater Zé Carniça e sua gangue. Meu nome é Wilson. Esse é Raimundo e aquela é Clara — disse, apontando os outros dois.

— Nós também formamos um clube — falei.

— E o que é que estão fazendo aqui? — perguntou Wilson.

— Investigando.

— Investigando Zé Carniça?

— Ele e outras pessoas. Algo de muito estranho está acontecendo na cidade.

— Da cidade, não posso dizer nada. Posso falar do Morro da Maré. Aqui, já faz algum tempo que anda acontecendo muita coisa estranha.

— Como assim?

— É tudo culpa de Zé Carniça. Vocês querem ouvir a história?

Dissemos que sim.

Zé Carniça era um conhecido traficante do Morro da Maré, comandava o tráfico de drogas na região. Até aí, era o que todos os moradores sabiam, e, como de praxe, não reclamavam de suas atividades por temerem represálias. Há uns quatro meses, no entanto, Carniça passou a oferecer serviço aos moradores do Morro, numa fábrica da cidade. No começo, muitas famílias aceitaram o trabalho. Ganhariam menos do que o salário mínimo e fariam as refeições no lugar. Mesmo assim, com tanta gente sem emprego, a oferta era tentadora.

Acontece que, com o passar do tempo, essas pessoas desapareciam, não voltavam para casa. Seus familiares, preocupados, foram até Carniça saber o que se passava e receberam, em troca, ameaças. Sabendo disso, a gente do Morro passou a recusar as ofertas dele, ninguém mais queria saber da tal fábrica. Foi aí que a sua gangue entrou em ação. Ultimamente, ele vinha pegando pessoas à força, sequestrava jovens, adultos e crianças e os levava para a tal fábrica.

— Foi por isso que formamos o Clube. Queremos salvar as pessoas perseguidas por Zé Carniça. Mas até agora não tivemos sucesso. Os homens dele têm armas, computador e são bastante violentos. O máximo que conseguimos foi esconder algumas pessoas, como fizemos com vocês. Ele já sabe da existência do Clube, a qualquer momento pode nos pegar. Corremos risco de vida — concluiu Wilson.

— E por que não foram até a polícia? — indagou Alice.

— A polícia? A polícia, quando entra aqui no morro, é para matar e bater. Vocês não sabem o que é isso. Além do mais, tem polícia envolvida nessa trama de Zé Carniça e também gente da alta, gente com influência, parece que até deputado.

— Minha nossa! — espantou-se Alice.

Contamos a eles que já tínhamos localizado a fábrica, que ficava numa rua chamada D. Pedro I, que vimos Zé Carniça fazendo uma "entrega" de pessoas no local, que tudo se ligava à Loja Liberdade.

Eu disse, ainda, que o tal Zé Carniça, em nosso encontro, tinha falado em "laboratório".

— Só não sabemos o que fazem com as pessoas lá

no laboratório ou na fábrica. Alguns morrem, com certeza, porque foi o próprio traficante quem disse.

Alice começou a chorar. Tentei acalmá-la como pude, abraçando-a. Bola também iniciou um choro estrangulado. Estávamos angustiados, pensando no futuro de Palito, e nos abraçamos os três.

— Calma — disse Wilson. — Chorar não vai ajudar em nada. Temos é que pensar num jeito de salvar o seu amigo e pôr um fim nessa tal fábrica.

— Mas, como? — perguntou Alice, limpando as lágrimas.

— Não sei. Como, eu não sei. Mas, deve haver uma saída.

— E há — disse eu, com firmeza. — Acabei de ter uma ideia. Isto é, se vocês estiverem dispostos a nos ajudar.

— Estamos! — responderam com entusiasmo nossos três novos amigos.

O Clube dos Sete

8.
O PLANO

A ideia era a seguinte. O Clube da Maré ficaria de sobreaviso, vigiaria todos os passos de Carniça e procuraria informações sobre Palito. Achávamos que ele havia ficado na casa de Carniça e apostávamos que seria levado junto com a próxima "entrega" para o galpão. Nada adiantaria tentarmos resgatá-lo naquele momento. Como nos contou Wilson, Zé Carniça dispunha de armas e pessoal para defendê-lo. O melhor a fazer, portanto, era observar seus movimentos e pegá-lo num momento desprevenido, por mais que nos doesse o fato de termos de deixar Palito em situação tão terrível.

Dei o número do telefone do Clube dos Sete para Wilson e um cartão telefônico. Qualquer notícia, ele deveria nos ligar imediatamente. Anotei também o número do telefone de uma venda, cuja dona era uma tia dele e onde ele trabalhava durante o dia (estudava à noite). Bola entraria no *site* da Loja Liberdade para tentar saber a data das novas "entregas". Se tudo corresse bem, antes da próxima entrega, o Clube da Maré daria um jeito de se livrar de Carniça e substituí-lo por alguém de confiança.

Essa era a parte mais difícil do plano, mas Wilson me garantiu que interceptaria a Kombi em determinado local, um caminho entre os matos, em que não havia casas. Carniça não utilizava ajudantes nas suas "entregas" — ele os deixava de plantão no computador, decifrando as mensagens que chegavam —, ia sozinho, de modo a abrir espaço para mais gente no carro. O único problema é que andava armado, mas, segundo Wilson, ele vivia bêbado e, pego de surpresa, não teria como reagir. Caso tudo corresse bem e eles conseguissem a Kombi, entraríamos nós, do Clube dos Sete, no lugar da família que deveria ser entregue. Uma vez dentro da fábrica ou laboratório, tentaríamos descobrir o que estava se passando.

Wilson achou que a pior parte havia ficado conosco e ofereceu-se para entrar com os seus na Kombi. Eu não aceitei, disse que perigo maior enfrentariam eles e que, sequestrados a Kombi e Carniça, cumpririam a sua parte. Teriam apenas que arranjar alguém para guiar o automóvel.

— Não se preocupe. Temos um motorista — assegurou-me.

Com tudo arrumado, sob a escolta do Clube da Maré, descemos o Morro. Os meninos nos levaram até o ponto de ônibus e nos desejaram boa sorte. Da janela da condução, Bola ainda pediu para eles:

— Cuidem de Palito, por favor!

Eram dez horas da noite e Alice, morrendo de sono, adormeceu no meu colo. No banco traseiro, Bola fitava as estrelas, aéreo.

— Não se preocupe, Bola. Eles não vão fazer mal nenhum a ele. O máximo que pode acontecer é usarem Palito como mão de obra escrava, como, desconfio, estão fazendo com a gente que pegam no Morro. E, se acontecer isso, nós estaremos lá para salvá-lo.

Falei "mão de obra escrava" e me lembrei das aulas de História, porque, se minhas suspeitas se confirmassem, o que estava acontecendo no Morro da Maré era uma reprise moderna da escravidão no Brasil. O português, povo rico na época, ia a uma terra distante, a África, e comprava escravos negros, prisioneiros das guerras entre as tribos africanas. Havia caçadores de negros na África. O povo de um lugar, aprisionando gente da mesma região, para vendê-la a gente de uma região longínqua e opulenta, a qual tirava proveito dos desentendimentos locais.

Zé Carniça era uma versão contemporânea do negro caçador negro de escravos. Aprisionava gente de sua própria comunidade para vender a pessoas de uma comunidade rica e distante. Para vender a nós, moradores de bairros nobres, que víamos a favela e o subúrbio como uma terra estrangeira e os seus moradores como habi-

O Clube dos Sete

tantes de um outro país. Agora que eu tinha subido o morro, eu sabia, por experiência própria, que, embora o Brasil seja um país mestiço, há mais negros do que brancos nas camadas mais pobres.

Quando saltamos do último ônibus, era mais de meia-noite. Teríamos de arrumar uma boa desculpa para os pais de Bola e Alice. Mas pior do que isso: teríamos de forjar uma justificativa para o desaparecimento de Palito.

* * *

Se falássemos que tínhamos sido assaltados ou sequestrados, teríamos que prestar queixa na polícia e não queríamos a polícia por perto.

— A gente diz que se perdeu — testou Bola, em frente à casa de Alice.

— Se perdeu como? Se a gente disser isso, vão perguntar por onde a gente andou — afirmei.

— João tem razão — disse Alice.

— Basta a gente não dizer aonde estava indo.

— Mas vão insistir, Bola.

— A gente mente.

— Mentir dizendo o quê? — perguntou Alice.

— Sei lá.

— É claro que vamos mentir, mas qual a mentira é que é o problema — resumiu Alice.

— A essa hora devem estar loucos atrás da gente! — falei.

— Talvez já tenham ido até a polícia.

— À políca, Alice?

— Ou ao necrotério, Bola.

— Vocês dois estão parecendo Daniel. Calma. Para tudo se dá um jeito. Vamos pensar — ponderei.

— Eu não vejo solução. Alice?

— Também não. Mas, como João disse, vamos pensar. A desculpa é o de menos, o problema é a missão que nós temos amanhã.

— E Palito? — lembrou-se Bola.

— Palito está ou vai estar bem, Bola. Os pais dele é que não devem estar nada bem.

— E quem garante que ele está bem, João?

— Eu. Eu garanto. Se algo acontecer a Palito, pode botar a culpa em mim.

— Calma, João. Também não é para tanto. Só estou preocupado com ele.

— Todos estamos, Bola. João está, eu estou. Precisamos é nos concentrar no problema mais imediato, na mentira.

— Que tal um acidente?

— Um acidente, boa ideia! Que é que você acha, João?

— Acho uma boa ideia. Que tipo de acidente e envolvendo quem?

O Clube dos Sete

— Estávamos em algum elevador e houve um apagão.

— Boa, Bola! — iluminou-se Alice.

— Em que elevador? De que lugar? — incitei a discussão.

— Não sei — resignou-se Bola.

— Que estaríamos fazendo em um elevador? Temos que pensar em todos os detalhes. Se a história não estiver bem amarrada, descobrirão a verdade — persisti.

— É, não temos muitas opções — falou desanimada Alice.

— Não temos — disse Bola.

— Acho que estamos cansados demais para pensar, esgotou-se a nossa capacidade de raciocínio. Além disso, estou morrendo de fome e de sono.

— Eu também, João.

— Eu também, Alice.

Sentamos os três na calçada em frente à casa de Alice, mãos segurando o queixo, cotovelos apoiados nos joelhos, exaustos. Metemo-nos num beco sem saída, uma nuvem de burrice cobria as nossas mentes.

Do canto da rua, veio o chamado redentor:

— Psit! Psit! — chamava alguém, por trás de uma árvore.

Olhamos na direção do assobio.

— Psit!

— Era só o que faltava — disse Bola. — Sermos assaltados, depois de tudo o que passamos!

— Psit! Psit!

O semiassobio não parava.

Alice se abraçou comigo, Bola se abraçou a ela. Nosso estado era lamentável. Estávamos na iminência de entregar os pontos. Roupas sujas, corpos pegajosos, cabelos cobertos de pó. Quem nos visse ali poderia nos confundir com moleques de rua. Agora, vinha aquela invocação por detrás da árvore, na forma de chiado:

— Psit!

Se tivéssemos que enfrentar fosse lá o que fosse, estaríamos, de antemão, abatidos, sem defesa.

— Eu... eu acho que é assombração — gaguejou Bola.

Assombração é o que nós estávamos vivendo. Àquela altura do campeonato, uma assombração a mais ou a menos não faria diferença. Eu não estava com medo. Tendo visto tudo o que vimos, estava apenas curioso.

— Psit!

Resolvi ir até a árvore.

— Cuidado, João! — disseram meus amigos.

À medida que me aproximava, uma silhueta ia se destacando do tronco. Cheguei mais perto: era Zeca.

— Zeca?

— Que foi que houve com vocês?

— Muita coisa. E as nossas famílias?

— Tudo sob controle.

— Como assim?

Estávamos tão enfraquecidos pela canseira, que subestimamos a capacidade dos outros integrantes do Clube dos Sete. Claro, claro que os meninos tinham dado um jeito na situação.

— Combinei com Jonas e Daniel. Passei aqui pela casa de Alice logo que vocês começaram a demorar. O pai dela não estava em casa, por sorte. Deixei um recado com Ivete, a governanta, dizendo que nós, todo o grupo, estávamos fazendo um trabalho na casa de Daniel, que, provavelmente, entraríamos pela madrugada, que não se preocupassem, pois Alice dormiria lá. Jonas e Daniel fizeram o mesmo na sua casa, na de Palito e na de Bola. Depois, ficamos de vigia, esperando a volta de vocês. Eu, aqui. Jonas, na casa de Bola. Daniel, na casa de Palito.

— E a minha casa? — perguntei, indignado. — Ninguém se preocupou comigo?

— Ora, João. Éramos apenas três, tínhamos que optar por deixar uma casa por conta da sorte.

— E essa casa foi logo a minha!

— Dona Marilda e seu Augusto são liberais, João. Se você chegasse, de repente, a qualquer hora da noite, os seus avós não estranhariam tanto quanto os outros pais.

Ele tinha razão. A estratégia foi muito bem pensada e executada. Agradeci:

— Obrigado, Zeca. Mas, diga uma coisa: como é que vocês sabiam que a gente iria voltar? E se tivesse acontecido algo grave?

— Nós confiamos no Clube dos Sete, ora essa!

— Mais uma coisa: por que a casa de Daniel?

— Porque lá não tem telefone. Se alguém quisesse se comunicar com algum de vocês, não teria como.

— Bem pensado. Muito bem pensado, Zeca.

— Gostou?

— Gostei. Só tem um problema.

— Qual?

— Pegaram Palito.

— Pegaram Palito? Como assim? Quem?

— É uma longa história, no caminho eu explico.

Bola e Alice se aproximaram. Alice beijou o namorado, fizeram as pazes. Mais uma vez, não consegui ver o beijo, virei o rosto e sabia por quê. Estava com ciúme, sim. Tinha ciúme. Gostava de Alice, bem mais do que de uma amiga.

* * *

A casa de Daniel era pequena. A menor de todas. Também era o que tinha menos dinheiro do grupo. Seus pais tinham se divorciado havia um ano e as finanças apertaram, não davam para o gasto com a casa, que a sua mãe sustentava sozinha, à custa de muito trabalho.

O pai não era dos mais participativos, não contribuía com nada e estava há meses sem ver o filho. Seu relacionamento com a mãe também era complicado.

— Vamos entrando, gente — recebeu-nos Daniel.

— E a tua mãe, Daniel, não vai achar ruim ou estranhar?

— Que nada! Minha mãe não liga para mi... não liga para essas coisas, não. Não se preocupem.

Entramos e fomos diretamente para o quarto de Daniel. Na vinda, arrebanhamos Jonas também, de modo que, tirando Palito, o Clube estava todo presente. Eu narrei os acontecimentos e contei do plano. Daniel, Jonas e Zeca ficaram de boca aberta. Este último não desgrudava de Alice e ela me pareceu muito bem acomodada nos seus braços. Trocavam beijinhos e carinhos.

Todos concordaram com o plano. Quanto a Palito, para todos os efeitos, estava conosco, na casa de Daniel, e iria para a aula na manhã seguinte. No final das aulas, Jonas, que era um excelente imitador de vozes, ligaria para a casa de Palito e, fazendo-se passar por ele, deixaria um recado com a empregada, dizendo que estava indo para a minha casa. Ela não desconfiaria de nada e, dessa forma, não dariam por sua falta.

Precisávamos ir ao colégio para evitar desconfianças.

* * *

À noite, no quarto de Daniel, de banho tomado e barriga forrada, não consegui dormir. Estávamos no mesmo cômodo: eu, Daniel e Bola. Alice ficara no quarto de hóspedes.

Dois pensamentos se fundiam na minha cabeça: a perda de Palito e Alice. Um e outro me davam insônia. Quanto a Palito, não havia o que fazer; por hora, era esperar. Tentara manter a calma e passar confiança aos outros, mas a verdade é que temia pela sorte do meu amigo. Quanto a Alice, não sabia que atitude tomar para pôr rédeas no meu ciúme.

Lembrei das palavras de vovô, do lema do seu clube: "Morrer em nome da Lealdade".

— Lealdade — dizia — é um valor precioso, Joãozinho. Assim como a amizade.

Lealdade e amizade. Devia lealdade a Zeca como membro do Clube e, acima de tudo, ele era meu amigo. Não podia pensar em Alice, não podia! E, no entanto, sua imagem não saía da minha cabeça.

— Lealdade, amizade. Lealdade, amizade.

Repetia para mim mesmo no colchão, ouvindo os roncos de Bola e cheirando o chulé de Daniel.

— Lealdade, amizade. Lealdade, amizade.

Lutava contra os meus sentimentos de inveja, tentava trocá-los por outros mais nobres, mas o conflito me dilacerava.

O Clube dos Sete

Levantei-me do colchão e fui até a cozinha. Bebi um copo d'água, vagarosamente, pensativo. No mesmo passo, guardei a garrafa, fechei a geladeira. Andei em círculos ao redor da mesa da sala, dedos no queixo, olhos no nada.

Sentei-me no sofá, recostado, com a cabeça no espaldar, mãos cruzadas sobre as coxas. Não parava de pensar.

— Lealdade, amizade. Lealdade, amizade.

Meu avô estava certo, eu sabia. Mas, uma coisa é saber, outra, muito diferente, é sentir. Meu coração apontava para Alice, minha razão o prendia, com força. Não podia estar fazendo aquilo com Zeca, não podia sentir mais do que amizade pela sua namorada, seria traição.

— Traição é a palavra mais feia da língua portuguesa, Joãozinho — dizia-me vovô. — Trair é o ato mais desprezível dos seres humanos.

Se vovó estivesse ali, poderia conversar com ela sobre o assunto. Vovó tinha experiência e sabedoria, seus conselhos me eram sempre úteis, ajudavam-me nas horas em que mais precisava. Sempre do meu lado — uma amiga, uma companheira. Vovô também: meu melhor amigo.

Como nenhum dos dois estava ali, resolvi eu mesmo cuidar de minha ferida. Tentei concentrar minha atenção nos acontecimentos do dia, em nossa aventura no Morro da Maré. Tentei imaginar como seria o dia seguinte, os perigos, o risco. Mas, inevitavelmente, no meio do pensamento, surgia Alice, despertando todos os sentimentos em mim.

"Como é que ela pode namorar Zeca!", pensava, fulo. "O colégio inteiro sabe que Zeca tem pelo menos mais duas namoradas, que é um galinha! O que é que ela vê em Zeca, pelo amor de Deus!" Não me conformava.

Por fim, decidi que o melhor a fazer era voltar para o quarto, deitar no colchão e esforçar-me por dormir. Precisava repor as energias perdidas, salvar alguma para a tarde seguinte.

Fiz menção de me levantar, mas um vulto atravessou o corredor, entrou na sala, veio até o sofá e sentou-se ao meu lado. Era Alice.

* * *

Seu rosto estava pálido, seus olhos arregalados, a expressão cansada.

— Sem conseguir dormir?

— É — respondi.

— Eu também.

— É a tensão.

— É, deve ser. Está aqui há muito tempo?

— Há duas horas, mais ou menos.

— Cochilou? Ou não dormiu nada?

— Não, não dormi nada.

— Nem eu. Que horas serão?

— Mais de quatro.

— Você está com medo?

— Com um pouco.

— Eu estou com bastante.

— Não se preocupe, Alice. Vai dar tudo certo — disse eu, inventando uma coragem de última hora, mais por não saber o que dizer do que por qualquer outra coisa.

— Não seria melhor se contássemos a nossas famílias?

— Não. Eles correriam risco de vida. Você não ouviu o que Wilson disse? A polícia está envolvida, um figurão está envolvido, quanto menos pessoas souberem melhor.

— É, acho que você tem razão.

O que a trazia até mim, àquela hora da madrugada, não era o medo, eu sabia. Sim, estava com medo, como todos nós, o que era normal. Mas sua vinda até o sofá se devia, sobretudo, a uma outra coisa.

— João, você gosta de mim?

— Que pergunta, Alice! Claro que sim!

Segurei a sua mão. Ela apertou-a.

— Não mentiria para mim?

— Jamais.

— Então, me responda uma coisa: o que é que você acha do meu namoro com Zeca?

Ela estava perguntando para a pessoa menos indicada. Pensei em dizer isso. Não disse. Voltei a pergunta para ela.

— O que eu acho? Alice, quem deve responder a essa pergunta é você mesma.

— Só estou pedindo uma opinião.

— Não tenho opinião formada sobre isso.

— Você disse que não mentiria.

— Não estou mentindo.

— Eu conheço você, João. Não adianta tentar me enganar. Você é muito observador, eu sei disso, e tem suas próprias opiniões a respeito das coisas. É muito reservado, também sei disso, não se intromete em assuntos alheios, respeita os outros. Mas deve ter sua opinião, tem sua opinião sim.

— Minha opinião é que qualquer casal deve estar feliz dentro de um relacionamento. Se os dois estão felizes, não há o que questionar. Caso contrário, não sei.

— Você era feliz com Ana?

Outra pergunta embaraçosa. Ana tinha sido minha última namorada. Tínhamos acabado o namoro havia dois meses e começado na mesma época do namoro de Alice e Zeca. Ana tinha ciúme de Alice e, segundo algumas meninas me contaram, o ciúme era recíproco.

— Por algum tempo.

— E acabou por quê?

O Clube dos Sete

— Não sei. Acho que deixei de gostar dela.

— Acha?

Cocei a cabeça, soprei ar pela boca.

— Não. Tenho certeza.

— Algum motivo especial... Digo, você deixou de gostar dela por algum motivo específico?

— Por que as perguntas, Alice?

— Por nada. Só estou curiosa.

— Não, não teve nenhum motivo especial. Acho que a gente não dava certo juntos, só isso.

Foi a vez dela coçar a cabeça, com a mão desimpedida, e soprar ar pela boca.

— E você acha que eu e Zeca damos certo, juntos?

— Isso eu não posso saber. Como é que eu vou saber o que se passa com vocês? Você é que tem de saber, Alice.

— Estou pedindo sua opinião, a opinião de alguém que está de fora.

— Não sei.

— Sabe, João.

— Não sei, Alice.

— Sabe, João.

— O que é que você quer que eu diga?

Falei alto. A pressão era muito grande. Os lábios dela a poucos centímetros, os cabelos escuros e perfumados, a beleza do rosto na pouca luz da sala, a conversa fran-

ca no pé do ouvido, em cochichos, e as palavras de vovô me roçando o cérebro: "Lealdade, amizade. Lealdade, amizade".

— Desculpe — disse ela, depois do hiato que se seguiu à minha fala.

— Desculpas peço eu, Alice...

Passei a mão pelo seu rosto. Ela aceitou a carícia deixando a face ceder um pouco para o lado. Podia sentir o seu hálito. De olhos fechados, ela disse:

— Estou confusa, João.

— Eu também, Alice.

— Será pelo mesmo motivo? — perguntou, ainda de olhos fechados, entre suspiros.

— Talvez. Talvez seja.

— E o que é que a gente faz?

Abriu os olhos. Olhou-me, intensamente.

— A gente... A gente...

A resposta não saía. Não aguentaria por muito mais tempo. Ela, tampouco. Aliás, não precisávamos de resposta. Nossos corpos já sabiam o que fazer. Aproximamo-nos ainda mais.

— Ai, que susto! Vocês dois também estão acordados? Ufa! Pensei que fosse um fantasma, sei lá, alguma assombração!

Era Bola, entrando na sala e levando um baita susto com a nossa presença. Ele não percebeu nada, mas atrapalhou o beijo que, fatalmente, viria. Nós nos afastamos e nos recompusemos. Abri um pouco a cortina atrás do sofá, olhei através da janela: já era dia. Eu e Alice nos levantamos. Estava na hora de nos aprontarmos para ir à escola.

9.
O DIA D

A sorte nos ajudou um pouco: só tivemos as três primeiras aulas. Largamos mais cedo, porque a equipe de futsal do colégio enfrentaria uma outra, pelos jogos interescolares.

Assim que fomos liberados, liguei para casa, para saber se Wilson havia deixado recado.

— Deixou, sim, Joãozinho. Um menino chamado Wilson ligou e disse que precisava falar com você urgentemente.

— Obrigado, vó.

Desliguei o telefone e tornei a ligar, dessa vez para a venda da tia de Wilson. Foi ele mesmo quem atendeu.

— Wilson, aqui é João. Você deixou recado lá em casa. Alguma novidade?

— Sim, João. Zé Carniça levou seu amigo junto com outras cinco pessoas para a fábrica, hoje pela manhã, por volta das seis. Vocês sabiam?

— Não, não entramos na Internet, não havia como. E também não esperávamos uma nova "entrega", assim, tão em cima da outra.

— Nós também fomos pegos de surpresa. Não deu para interceptar a Kombi. O que se comenta aqui no Morro é que haverá uma outra "entrega" para logo.

— Quer dizer que levaram Palito?

— Levaram.

— Muito bem. Vou falar com Bola agorinha, vamos arrumar uma maneira de saber para quando é a nova "entrega". Assim que souber, ligo para você de novo.

— Certo. Caso não esteja aqui, mande me chamar, diga que é urgente.

— Ok. Até mais, então.

— Até mais, amigo.

Fiquei orgulhoso de ser chamado de amigo por Wilson. Aquela palavra nos aproximava, aproximava-me do morro, dos pobres, redimia, em parte, o meu descaso para com eles.

Feita a ligação, retornei para o ginásio. As arquibancadas estavam lotadas, demorei um pouco para localizar o grupo.

— Aqui! — acenou Alice, ao me ver subindo os degraus, procurando-os.

— E aí?

— E aí, Bola, é que precisamos nos reunir.

— Que foi que houve?

— Não posso falar aqui.

Saímos e fomos até atrás da capela. Os cinco, porque Zeca estava na quadra, defendendo a camisa do colégio como capitão e melhor jogador do time. Sem ninguém por perto, dei a má notícia.

— Precisamos entrar no correio eletrônico da Loja, imediatamente — disse Bola, ao ouvi-la.

— Exato. Mas como, Bola? Como? Da livraria é que não pode ser, já está muito visada — afirmei. — Não pode ser do telefone de ninguém conhecido. Fazer isso seria arrasar com a vida dessa pessoa.

— Conhecido ou desconhecido, João — corrigiu Alice —, pior ainda seria fazer isso com alguém que não conhecemos.

— Você está certa, Alice. Que egoísmo o meu! Não podemos ligar de telefone algum, senão os da Loja vão perseguir o dono do aparelho, fazer o diabo.

— Sendo assim, já sei o que temos de fazer.

Olhamos surpresos para Daniel. Pela primeira vez na vida, que eu me lembrasse, ele dizia alguma coisa afirmativa. Esperamos que concluísse.

— Você não tem um *laptop*, Jonas?

— Meu pai. O *laptop* é do meu pai e ai de quem tocar nele. Nele e em outros objetos de sua predileção, que ama mais do que a mim mesmo.

A nota triste quem dava era Jonas. Daniel insistiu:

— Bom, ele não vai ficar sabendo. Vejam quanto dinheiro temos.

O Clube dos Sete

Esvaziamos os bolsos. Ao todo, tínhamos trinta reais.

— Isso basta. Vamos até a casa de Jonas.

Ficou acertado que Jonas, Daniel, Bola e eu iríamos até a casa do primeiro. Alice ficaria e assistiria ao jogo, de modo a não levantar suspeitas. Afinal de contas, o namorado dela estava jogando e seria estranho que se ausentasse. Havia ainda dois motivos que pesaram na hora da decisão. Um, óbvio para todos. Outro, que só eu e ela percebemos. O primeiro era que, ficando, avisaria Zeca do acontecido e nos encontraria, com ele, após a partida, o mais rápido possível. O outro era o olhar suspeito que Zeca nos lançou, vendo-nos sair do ginásio. Continuava enciumado e aquele jogo era importante para ele. Era melhor que ela ficasse.

— Mas, João...

— Fique, Alice — pedi, com uma pontada no peito. Ela ficou. Nós seguimos.

* * *

Esperamos do lado de fora, enquanto Jonas subia as escadarias de sua colossal mansão, despistava a mãe severa, uma refinada *socialite*, frequentadora assídua das colunas sociais, e entrava no escritório do pai, que estava no trabalho. Colocou o computador portátil na mochila, tornou a sair.

A ideia de Daniel era que utilizássemos o computador através de um telefone público. Ninguém sabia, mas seu pai era formado em eletrônica pela escola técnica e, durante o período em que moraram juntos, Daniel aprendera com ele muita coisa nessa área. Faria a adaptação necessária aos nossos propósitos.

— Está aqui o computador — disse Jonas, assim que nos afastamos de sua casa.

— Ótimo. Deixe-me ver.

Daniel analisou a máquina por alguns minutos.

— Vai ser mole. Vamos.

Passamos em uma loja de equipamentos eletrônicos, ele comprou o que precisávamos. Também compramos uma pilha de cartões telefônicos.

— Pronto — disse. — Agora é só achar o orelhão.

— Se Palito estivesse aqui, a gente ligava do orelhão dele...

Rimos da piada de Bola, uma referência às orelhas grandes de Palito. A lembrança do amigo em apuros repôs nossos pés no pedal. Retomamos a marcha com afinco. Dessa vez, em busca de um telefone público pouco usado e discreto, que nos desse amplas condições de uso, sem levantar suspeitas.

Encontramos um com essas características numa praça pequena e arborizada. O telefone ficava atrás das árvores. Era ideal. Eu, Bola e Jonas ficamos de guarda.

O Clube dos Sete

Com um canivete emprestado por Jonas, fios, fita isolante e um plugue, Daniel terminou o serviço.

— Pronto. Pode vir, Bola.

Trocou de lugar com Bola, que se sentou num banco de pedra, *laptop* no colo e passou a digitar. De vez em quando, um de nós conferia as unidades restantes no cartão e, se fosse o caso, colocava um novo. Gastamos três cartões, mas valeu a pena. Bola anotou duas mensagens.

— Pronto. Pode vir, Daniel.

Trocaram de postos, novamente. Com uma presteza de espantar, Daniel consertou o telefone. Passou a camisa em todo o aparelho para não deixar impressões digitais. Nunca era demais a precaução contra os homens da Loja Liberdade.

Deixamos a praça às pressas, devolvemos o *laptop* do pai de Jonas, retornamos à sede do Clube. Eram duas horas da tarde.

* * *

— Por onde você andou, menino? — perguntou vovó, assim que me viu.

— Na casa de Daniel, vó.

— E depois da aula?

— A gente estava fazendo uma pesquisa.

— Estão bem?

— Estamos.

— É o que importa. E estão com fome?

— Estamos.

— Vou esquentar a comida.

Como Zeca bem dissera na noite anterior, vovó era "liberal". Para ela, minha felicidade vinha em primeiro plano. Se eu estivesse bem, ótimo, era tudo o que queria. Tanto ela como vovô. Eles confiavam muito em mim.

Fizemos uma visita a vovô no quarto. Ele estava deitado, lendo.

— Tudo bem, vô?

— Tudo — respondeu, beijando minha cabeça.

— Oi, seu Augusto, está melhor? — perguntaram os meninos.

— Estou, meus filhos. Próxima semana talvez tire esse gesso imprestável. E vocês? Já encontraram os milicos?

Não sei se vovô fazia ideia de que estávamos atrás das pessoas que bateram nele ou se disse aquilo só de chiste. Desconversei:

— Milicos? Que milicos, vô?

— Os milicos que me deixaram nesse estado deplorável.

— Não, vô. A gente não achou nenhum milico.

— Se acharem, quero ser avisado, ouviram?

— Ouvimos, vô.

Comida quente, preparamos nossos pratos e subimos ao sótão. Com a boca cheia, Bola leu o conteúdo da primeira mensagem, datada do dia anterior:

"grão, capítulos de oseias, grande ao norte, menor ao sul, + 6"

Demoramos, mas conseguimos desfazer o quebra-cabeça. O erro deles é que não mudavam o formato da mensagem. Continuavam a usar o nome da rua, o número e a hora da "entrega". Dessa vez, em lugar de "nova entrega", tinham posto "+ 6". Wilson havia dito, ao telefone, que Palito tinha sido levado com mais cinco pessoas. O "+ 6", ali, era a quantidade de pessoas. "Grão", estava claríssimo, vinha de grão-mestre, de D. Pedro I portanto, grão-mestre da maçonaria brasileira e nome da rua da fábrica ou do laboratório. "Capítulos de oseias, grande ao norte, menor ao sul" foi o mais complicado. Porém, seguindo a fórmula rua-número-hora, conseguimos traduzir. "Grande ao norte, menor ao sul" indicava a hora da "entrega". "Grande" e "menor", no caso, eram os ponteiros do relógio. Não tínhamos conhecimentos de Geografia como Alice, mas todos sabíamos que o Norte ficava em cima e o Sul embaixo. Ponteiro grande em cima, ponteiro pequeno embaixo: seis horas. Wilson disse que Zé Carniça saíra por volta das seis. Restava apenas a parte onde dizia "capítulos de oseias". Daniel, que gostava muito das aulas de Religião, flechou o alvo:

— Capítulos de Oseias! Oseias é um livro do Velho Testamento. Tem quatorze capítulos. Quatorze não é o número do galpão, na rua D. Pedro I?

Caso encerrado: entrega de mais seis pessoas na rua D. Pedro I, número 14, às seis horas. Foi o que aconteceu pela manhã...

Aquela mensagem já não servia. Passamos à outra, enviada às nove da manhã. Mas antes que Bola pudesse lê-la, Zeca e Alice entraram no sótão.

— E então? — perguntou Alice.

— Estamos prestes a ler uma nova mensagem — respondi. — Chegaram bem na hora.

— Que bom que conseguiram!

Sentaram-se no chão com a gente.

— Já almoçaram?

— Já — disse Alice.

Zeca estava calado, triste. Os dois estavam separados, pareciam ter brigado. Não via razão para brigas, afinal Alice tinha prestigiado o jogo dele. Talvez fosse outra a razão. Em todo caso, disse:

— Leia, Bola.

Bola trouxe o papel mais para perto dos olhos, deu de ombros como se não estivesse entendendo nada e disse:

— Bom. Primeiro tem uma equação. Duas equações. Depois vem umas coisas, parecidas com versos, em inglês. Não sei ler. Meu inglês não dá para tanto.

— Deixe-me ver, Bola.

Alice pegou o papel da mão dele e leu:

"$2a + t = 34$, $a + 3t = 62$, $n = t - a + 4$
old time is inverse
amount is up by two
number is the same
street is the same too"

— Inglês para mim é Matemática. Matemática para mim é grego — disse Alice, passando em seguida o papel para mim.

Passei-o adiante, repetindo o dito de Alice.

— Dá cá.

Jonas pegou o papel e demorou-se na leitura. Inglês ele não sabia bem, mas para Matemática sua inteligência era aguçada. Poderia ter as melhores notas da sala na matéria, não fosse o seu comportamento, as faltas e constantes discussões com Normando, o professor. Quando queria, resolvia equações matemáticas dificílimas.

— Por que você não faz isso na prova? — perguntava, indignado, quando o via resolver, de cabeça, um problema com o qual eu gastara pontas e mais pontas de lápis.

O Clube dos Sete

Ele não respondia. Apenas estalava a língua e mudava o assunto.

Agora estava ali, juntando as incógnitas, fazendo, desfazendo e refazendo cálculos com a cabeça.

— Deixe-me ver também — pediu Daniel.

Jonas tirou os olhos do rascunho e disse, sem alarde:

— O *a* é igual a 8, o *n* é igual a 14 e o *t* é igual a 18.

— Quê? — perguntou Daniel, admiradíssimo.

— a = 8, n = 14, t = 18.

— Eu ouvi o que você disse, Jonas. O que quero saber é como você descobriu isso.

— Calculando, ora.

Ninguém tinha o que dizer. Muito menos disposição para calcular. Eu confiava em Jonas. Já o vira, literalmente, operando milagres. E outra: colocando-se os números nas equações, o resultado era certeiro.

— Muito bem, a gente sabe os valores, se é que Jonas acertou — recomeçou a falar Daniel, procurando dificuldades. — Mas, o que é que significam? E o que significam as letras *a*, *n* e *t*?

— Talvez os versos em inglês expliquem — disse Alice.

Era uma indireta para Zeca e a confirmação de que não estavam se falando. Zeca era o único que falava e escrevia, perfeitamente, em inglês. Estudante aplicadíssimo, não soltara, no entanto, um ai até então. E Alice, tampouco, pediu-lhe para traduzir os versos. Estavam brigados, sim.

Se ela não pedia, pedi eu:

— Zeca, os versos têm alguma relação com as equações?

Ele pegou o papel.

— Aqui diz o seguinte: "o tempo antigo está invertido, a quantidade subiu mais dois, o número é o mesmo, a rua é a mesma também".

— Não adiantou nada — desprezou Daniel. — Estamos ferrados.

Alice desejava perguntar algo, mas não queria falar com Zeca. Percebi seu drama e me adiantei, perguntando:

— Zeca, quais são as palavras para tempo, quantidade e número?

— *Time*, *amount* e *number*.

— Está aí! — exultou Alice.

— O quê, Alice? — perguntou Bola.

— *Time*, *amount* e *number*. *T*, *a* e *n*. As letras das equações, Bola.

— São as letras das equações, mas parecem língua de doido. Para mim, nada está resolvido — reagiu Daniel.

— Daniel, às vezes eu acho que você está torcendo contra a gente. Por acaso você sabe que Palito está naquele galpão? — perguntou Bola, sentido.

O Clube dos Sete

— Não é isso, Bola. Só sou realista. Não está nada resolvido.

— Claro que não, senão não estaríamos aqui. Estamos aqui para resolver — encolerizou-se Jonas.

— Diga o resultado do sistema de equações de novo, Jonas, por favor — pediu Alice.

— $a = 8$, $t = 18$ e $n = 14$.

— Você pode repetir os versos traduzidos, Zeca?

— Claro, João.

Ele já estava superando a birra, suas feições já eram outras. Estava sendo tomado pela sensação de ajudar, que era a razão de ser do Clube dos Sete.

— Lá vai: "o tempo antigo está invertido, a quantidade subiu mais dois, o número é o mesmo, a rua é a mesma também".

— Para mim, deu no mesmo. Em inglês ou em português, não consigo entender esse caracol de palavras — falou Bola.

— Nem eu — aproveitou para dizer Daniel.

— Eu acho que já sei!

— Eu também, João!

Alice levantou-se, na expectativa. A partir daí, eu falava, ela emendava o meu raciocínio, como em um jogral. Comecei:

— É a mesma lógica das outras mensagens. T é *time*, tempo.

— T é igual a dezoito.

— N é *number*, número.

— N é igual a quatorze.

— A é *amount*, quantidade.

— A é igual a oito.

— E os versinhos revelam tudo.

— "O tempo antigo está invertido, a quantidade subiu mais dois, o número é o mesmo, a rua é a mesma também".

— Ou seja: o tempo antigo é o tempo da "entrega" de hoje pela manhã. T = 18, dezoito horas é a hora da nova "entrega". Ou, seis horas da noite, o contrário de seis horas da manhã, horário da "entrega" em que foi Palito e mais cinco. Por isso, "o tempo antigo está invertido". "A quantidade subiu mais dois". De seis passou para oito, A = 8. "O número é o mesmo." O número do galpão, o número 14, N = 14. E, finalmente, "a rua é a mesma também". Rua D. Pedro I, meus amigos. O que está aí na anotação de Bola é o seguinte: Eles querem mais oito pessoas, a serem entregues à rua D. Pedro I, às seis horas da tarde de hoje, no número 14, onde funciona um laboratório ou uma fábrica.

— É isso aí — enfatizou Alice.

Olhei para o relógio na parede. Eram quatro e meia.

— Meu Deus! Está quase na hora! Tenho de informar Wilson! Temos que nos preparar. Cada um passe em casa

O Clube dos Sete

e pegue a roupa mais velha que tiver, vistam trapos. Roupas que estejam para lavar, *shorts* rasgados, camisas esburacadas, sandálias usadas, coisas que não usam mais de tão surradas. Vistam-se assim e me encontrem às cinco horas na esquina aqui de casa. Cinco horas em ponto, nem mais nem menos. Vamos, vamos! O mais rápido possível. Vamos desmascará-los e salvar Palito.

— Vamos! — disseram todos, e saíram apressados.

Alice sorriu para mim.

10.
DENTRO DO GALPÃO

Tudo correu conforme o combinado. Às cinco horas nos encontramos na esquina da minha casa. Vestíamos as roupas que recomendei. Wilson ligara dizendo que o Clube da Maré estava preparado. Não tínhamos como saber se as coisas dariam certo, pois, no momento da interceptação da Kombi, estaríamos a caminho do galpão. No fundo, estávamos contando com a sorte e a valentia deles.

Só tínhamos três bicicletas. A minha, a de Daniel e a de Bola, porque a de Zeca havia sido roubada, com a de Palito não podíamos contar, e Alice e Jonas não tinham bicicletas. Três bicicletas e seis pessoas. O jeito foi irmos dois em cada uma. Daniel levou Jonas. Bola levou Zeca. Eu levei Alice. Mais um sinal de que o casal do nosso grupo estava, momentaneamente, separado.

Durante o caminho, Daniel repetia:

— Isso não vai dar certo! Isso não vai dar certo!

Bola sofria:

— Ai, eu não aguento! Falta muito, João?

Jonas reclamava:

— Estamos indo para a favela! A gente vai ser é roubado, isso sim!

Eu apenas dava as coordenadas, sem ligar para a choradeira e os lamentos:

— Por aqui. Dobre à direita. À esquerda, agora. Em frente.

Alice e Zeca mantinham silêncio. Alice só abriu a boca para me perguntar:

— Você está com medo?

— Não. Estou preocupado com o Clube da Maré.

— Eu também.

— Preocupado, mas torcendo para que consigam. É a nossa única chance.

Na metade do percurso, perguntei a Zeca, desastradamente:

— Quanto foi o jogo, Zeca?

— Quatro a um para a gente.

— Era a final?

— Era.

— Então, são campeões!

— Campeões, sim, senhor. E ainda ganhei um troféu de melhor jogador do campeonato.

— Um troféu, hein!

— Além da medalha.

— É, e um beijo também — disse Alice, sem olhar para ele, séria.

— De um....

Eu ia perguntar algo, mas percebi a tempo que aquilo era um assunto deles. Achei melhor esquecer. Zeca, por sua vez, nada disse.

* * *

Faltavam quinze minutos para as seis horas quando a Kombi de Zé Carniça se aproximou. Estávamos escondidos na esquina, como da outra vez. Ainda não sabíamos se era o Carniça quem estava no volante ou alguém do Clube da Maré. Só teríamos certeza se a Kombi passasse pela frente do galpão e dobrasse na rua em que estávamos.

Apreensivos, acompanhamos o movimento do veículo. Para felicidade nossa, ele passou em frente ao galpão e veio até nós.

— Oi, pessoal! — cumprimentou-nos Wilson, sentado no banco do passageiro.

— Oi, Wilson. Esse é o Clube dos Sete — fui dizendo. — Não temos tempo para apresentações. Pelo visto, conseguiu mesmo um motorista.

— Consegui. É o meu tio, Lourival — apontou para o homem ao volante. — Ele vai ser o motorista substituto de Carniça para esta "entrega".

— Ótimo.

— E você? Está disposto a entrar mesmo?

O Clube dos Sete

— Estou, não. Estamos. Você e Raimundo vão entrar com a gente também. Ou você esqueceu?

A questão é que a Loja Liberdade, em sua última mensagem, tinha pedido oito pessoas. O Clube dos Sete estava reduzido a seis pessoas, com a prisão de Palito. Precisaríamos de mais um favor do Clube da Maré. Wilson e Raimundo iriam se juntar a nós.

— Não, não esqueci. Está disposto a entrar, Raimundo?

— Pronto para a guerra.

— Então, vamos.

Entramos na traseira da Kombi, onde estava Raimundo — Wilson e o tio iam na frente. Esperamos cinco minutos. Às seis horas em ponto, a Kombi parava em frente ao galpão.

O tio de Wilson, Lourival, desceu do carro e tocou a campainha. O mesmo homem de paletó e gravata veio atendê-lo. As portas da Kombi foram abertas, descemos e nos perfilamos diante do sujeito.

— Só moleques dessa vez, hein? — perguntou a Lourival.

— Só.

— Tanto melhor. Mais carne fresca.

O homem riu. Era uma risada bizarra. Nervoso, passou a andar de um lado a outro, fiscalizando nossos semblantes.

— Esses até que não estão tão mal. Está caçando-os em outra freguesia?

— Não. No mesmo lugar de sempre, senhor. No Morro da Maré.

O homem não tinha atentado ainda para o fato de que o tio de Wilson não era o entregador de sempre, Zé Carniça. Pelo visto, era daquelas criaturas autossuficientes que falam com a gente sem nem ao menos se importar com a nossa presença. A julgar pela sua atitude econômica na tarde anterior, quando mal falou com Carniça, ele era desse tipo. Melhor assim.

— Morro da Maré!? E eu com isso? Quero que o Morro da Maré exploda! Sabe que eu tenho até um primo que mora lá?

O homem, no entanto, parecia a fim de conversa. Nós suávamos. Se a lengalenga não terminasse logo, ele descobriria a farsa, porque alguns já tremiam o corpo todo. Ele continuou:

— É, tenho um primo lá. Um safado, um ladrãozinho de galinha. Estou só esperando o dia em que venha bater aqui. Aqui ele aprende o que é trabalho.

— Senhor...

— Já sei. Você quer seu dinheirinho, não é? Tome logo e suma.

Lourival pegou as cédulas, guardou-as no bolso.

— Não vai contar?

— Já as conheço pelo peso. Só de olhar.

— Está ficando esperto.

Era incrível, mas o homem de preto simplesmente não reconheceu Lourival. O tio de Wilson não se parecia nem um pouco com Zé Carniça!

Lourival subiu na Kombi, fazendo um sinal de positivo para a gente, sem que o outro visse. Arrancou, enquanto entrávamos no galpão sob os empurrões do homem de paletó preto.

* * *

O galpão era imenso. Luzes fosforescentes espalhadas por todo o teto abriam um clarão incandescente, uma luminosidade leitosa e intensa. Escadas, mesas e diversos aparelhos médicos, todos de metal, indicavam que estávamos dentro de uma espécie de laboratório. O homem de paletó nos levou até um grupo de homens vestidos de bata, máscaras e botas de borracha brancas. Estes, por sua vez, meteram-nos dentro de um banheiro coletivo, mandaram que nos despíssemos e, com mangueiras possantes, lançaram água gelada nos nossos corpos. Depois, mostraram toalhas e umas batas que deveríamos vestir, sandálias para calçar. Jogaram nossas roupas no lixo.

Ninguém ousou perguntar o que quer que fosse aos homens. Depois de lavados, fomos levados até um re-

feitório, onde nos serviram pão e sopa. Dali, seguimos para o nosso quarto, no primeiro andar.

O quarto ficava no fim do corredor. De um e de outro lado deste, através de vidraças, víamos outras pessoas deitadas, com a mesma bata que a nossa, em leitos enfileirados, como em um hospital. Estavam dormindo. Ao passar por uma das janelas de vidro, Alice me beliscou de leve, chamando minha atenção. É que, numa daquelas camas, estava Palito. Parei um minuto, o coração acelerado, mas logo o homem de paletó preto me deu um safanão, continuei a andar.

Nosso quarto não diferia dos outros. Camas em fila, paredes imaculadamente brancas, lençóis e travesseiros da mesma cor. Antes de nos trancar, o homem de preto informou:

— Amanhã o doutor falará com vocês.

Bateu a porta de aço, rodou a chave três vezes.

— Que é isso?

— Onde estamos?

— Por que nos meteram aqui?

As perguntas ecoavam no quarto hermeticamente fechado. A temperatura era agradável, o ar entrava por tubos de ventilação. Logo depois, as luzes foram apagadas. No corredor, ouvíamos passos de um sentinela.

— O melhor que temos a fazer é esperar pela manhã — disse a todos.

Algumas frases ainda foram ditas, mas cessaram progressivamente. Dormimos sabe-se lá como, tamanha era a estranheza do lugar. Sobre nós, pairava uma grande dúvida.

11.
O DOUTOR E A FARSA

Pela manhã, fomos acordados por uma estridente sirene. Quando o barulho parou, um homem calvo, usando uns óculos de lentes grossas, em roupa de médico, com uma prancheta, entrou no quarto. Mandou que nos sentássemos nas camas e passou a falar, mãos nas costas, andando para lá e para cá.

— Estou vendo que aqui só há jovens. Bom, muito bom. É de pequeno que se consertam as coisas. Algum de vocês sabe por que está aqui ou tem ideia do que é este lugar?

Dissemos que não.

— É preciso que saibam. Vocês, meninos, são heróis. Estão participando de um programa revolucionário, cujo objetivo é dar saúde a quem não tem, levar esperança para as populações carentes do nosso Brasil e, por tabela, contribuir para o progresso do país. Estamos em fase de experiência, por isso digo que vocês são heróis. Se, por acaso, houver alguma perda, durante o processo, tal perda não se dará em vão, pois a morte de um significará a vida de muitos, no futuro. Aqui, neste humilde labora-

O Clube dos Sete

tório, estamos trabalhando no embrião do que será o brasileiro do novo milênio, um ser saudável e inteligente, um homem cujas faculdades mentais e físicas superarão em muito a nossa atual fraqueza. Vocês são muito pequenos, talvez, para entender. Saibam, apenas, que trabalhamos em associação com uma firma americana de medicamentos e estamos desenvolvendo uma espécie de vacina que curará muitas de nossas mazelas sociais. Precisamos de voluntários para os testes. Nos EUA, as leis são muito rígidas a esse respeito, por isso a empresa norte-americana nos procurou e nos prontificamos a recolher os voluntários.

Não sei o que deu em mim, mas não me contive:

— Desculpe interrompê-lo, doutor — disse —, mas voluntários não são pessoas que, por livre e espontânea vontade, engajam-se em alguma atividade?

— Boa pergunta. Muito boa pergunta. Como é o seu nome?

— João.

— Boa pergunta, João. Veja bem, as coisas não são assim tão simples. Há homens ou, no nosso caso, organizações que estão muito à frente do seu tempo. Esses homens enxergam coisas que os seus contemporâneos não conseguem enxergar. Foi assim quando Galileu Galilei divulgou a ideia de Copérnico de que a Terra não é o centro do universo e todos riram dele. Foi assim com Einstein e muitos outros gênios. A ignorância da maioria não pode ser um empecilho ao progresso, não deve deter o visionário. Você sabe que as campanhas de vacinação, no começo, tiveram que ser obrigatórias? Sabe por quê? Porque, simplesmente, as pessoas tinham medo de ser vacinadas, achavam que da agulhada poderia advir-lhes algum mal, quando ocorreria justamente o oposto. Compreende? Da mesma forma, nossas experiências, cujo fim último é o bem da coletividade, não podem esbarrar na ignorância. Por exemplo, uma pessoa está com dor de cabeça, nós oferecemos uma aspirina e ela recusa o medicamento, por desconhecer seus efeitos. Será justo deixá-la sofrer, por medo de ingerir a pílula?

— Não é isso o que chamamos de democracia, doutor? De livre-arbítrio?

— Novamente, ótima pergunta, João. Você é um rapaz muito inteligente. Porém, sou forçado a dizer, mais uma vez: as coisas não são tão simples. Estamos falando aqui de pessoas com nível cultural baixo. Você há de concordar que uma pessoa que não sabe os efeitos salutares de uma aspirina não está no mesmo nível de uma que sabe e os aprova. Num país como o Brasil, com desníveis tão grandes, a democracia não pode ser amplamente exercida. Mas, graças aos nossos esforços, o dia chegará em que esses desníveis desaparecerão.

Por isso, usar um pouco da força, driblar a lei, no princípio, valerá a pena.

Meu sangue fervia:

— É, os comunistas russos pensavam do mesmo jeito. Um pouquinho de ditadura no começo, a ditadura do proletariado, e depois a democracia. Passaram mais de setenta anos na ditadura, sem nunca chegarem à democracia. Mas, mudando de assunto, não será justamente por terem um país democrático que os americanos não permitem o que os senhores estão fazendo aqui, doutor?

Ouvi um "psit". Era Alice chamando minha atenção. Realmente, tinha ido além dos limites. Não devia demonstrar esse tipo de conhecimento. Para todos os efeitos, deveríamos ser pessoas sem instrução. Minhas perguntas poderiam levantar suspeitas. Se isso acontecesse, não queria pensar nas consequências.

O doutor respondeu, tossindo:

— Er... Hum. Bem, não é isso, absolutamente. O caso é que eles já alcançaram o que pretendemos alcançar, entende? O interesse deles é apenas nos ajudar e a outros países do Terceiro Mundo.

Não me contive:

— E o que é que eles alcançaram?

— Isso de que você falava: a democracia plena. A democracia, o perfeito funcionamento da sociedade, o Estado de Direito, a estabilidade social, enfim.

— E isso tem que ver com a pesquisa de vocês?

— Com a *nossa* pesquisa. *Nossa*, não se esqueçam, vocês são parte importante da pesquisa. São os nossos heróis. Voltando à sua pergunta, tem sim, tudo isso tem que ver com a nossa pesquisa. Descobrimos certas coisas em termos de genética que espantarão o mundo quando vierem a público.

— Descobriram o gene do bom funcionamento da sociedade?

— Não, não — riu o doutor. — Mas quase isso. Estamos chegando lá. Bom, não posso me demorar. Meus assistentes levarão vocês para a sala de exames, depois poderão tomar o café da manhã, antes de iniciarmos os testes. Passem bem.

Os assistentes do doutor nos levaram para o terceiro andar de um dos prédios do lugar. Na realidade, íamos percebendo, aquilo não era um simples galpão. O galpão servia apenas de fachada e fazia parte de uma velha e arruinada indústria. As instalações eram imensas, distribuídas por mais de um edifício.

Fizemos exames de sangue, urina, garganta etc. Fomos para o refeitório, sempre acompanhados por homens de paletó, com celulares ou *walkie-talkies* nas mãos. Eles estavam por toda a parte e tinham olhos atentos sobre todos os pacientes, ou melhor, sobre todas as cobaias humanas do laboratório.

O Clube dos Sete

No refeitório, o sistema era o do bandejão, como nos internatos ou presídios. Cada um pegava uma bandeja e, em fila, dirigia-se às panelas, sendo servido pelas cozinheiras. A comida era péssima.

Sentamos todos juntos numa das enormes mesas. Do andar superior e do térreo, os homens de preto nos observavam. Havia salas no primeiro andar, com grandes janelas, como as dos quartos, só que fechadas por persianas. Todo o recinto onde estávamos lembrava o porão de um navio, retangular, profundo e asfixiante.

Comemos calados. Por qualquer cochicho, o infrator era levado pela polícia de preto e ficava sem o desjejum. Havia cerca de quinhentas pessoas, entre jovens, crianças e adultos ali. As caras eram apáticas e os gestos mecânicos. Não estávamos em um hospital ou em um laboratório. A julgar pelo comportamento dos internos, estávamos em um hospício. Um hospício às avessas, onde se entrava são e se saía louco.

Estava comendo a gororoba da minha bandeja, quando uma bolinha de papel caiu dentro do copo de suco. Olhei para ver quem a tinha atirado: era Palito, que passava rente à nossa mesa, sem desviar os olhos. Entendi a mensagem. Com cuidado, levei o copo para debaixo da mesa, retirei o papel e o abri:

"no recreio, encontrem-me na Ala Sul"

Amassei o bilhete novamente, joguei de volta no copo e engoli com a bebida.

* * *

Durante toda a manhã, estivemos às voltas com testes. Andamos em esteiras e bicicletas ergométricas, fizemos flexões de braço, abdominais, polichinelos e outros exercícios aeróbicos. Levantamos pesos e puxamos cordas, corremos até à exaustão. Também tomamos várias pílulas e vacinas, e tudo era anotado por um batalhão de enfermeiros com pranchetas. Ao fim do esforço físico, fomos levados a uma outra sala, onde fizemos uma série de provas de Matemática.

Ao meio-dia, pausa para o almoço. Após o almoço, um descanso de uma hora ao ar livre, em um pátio interno. Todas as ordens vinham de alto-falantes, os homens de paletó apenas observavam seu cumprimento. Eram grosseiros, quase animais, comunicando-se por grunhidos:

— Vamos!

— Coluna ereta!

— Rápido, molengas!

— Andem, preguiçosos!

Um regime de quartel. Tínhamos recebido até crachás adesivos, com números, que colaram às nossas batas.

No pátio, um quadrado cercado por muros altos e

vigiado por sentinelas, notamos que havia quatro alas: Norte, Sul, Leste e Oeste.

Disse com o canto da boca, baixinho:

— Vamos para a Ala Sul, Palito nos espera lá.

Palito já nos aguardava, encostado no muro. Assim que chegamos, disse para os outros: "Circulem, não parem de andar!", e me puxou pelo braço. Em seguida, falou, também ele andando, sem me fitar:

— João, não olhe para mim, ande naturalmente, como se estivesse passeando.

— Certo — obedeci.

Ele voltou a falar, cauteloso:

— João, lembra da aula do professor Antônio, aquela sobre as teorias raciais que predominaram no século XIX e chegaram até pouco tempo atrás?

— Lembro.

Lembrava da aula, porque ela me causara forte impacto. Alguns brasileiros, homens importantes, congressistas, políticos, diplomatas, fazendeiros, empresários achavam que o Brasil era um país atrasado por conta da mistura de raças aqui ocorrida, da miscigenação com negros e índios. Achavam que o homem puro era superior, sobretudo o homem de raça branca. Em função disso é que facilitaram o ingresso de imigrantes europeus no país. Acreditavam na política do "branqueamento", segundo a qual o país, após sucessivos "cruzamentos" de ne-

gros com brancos, viraria um país de população branca e, portanto, segundo seu ponto de vista, apto a desenvolver-se. Faziam até cálculos macabros, como: o filho do branco com o negro nasce mulato. O do mulato com o branco nasce oitavão — um oitavo de sangue branco, sete oitavos de sangue negro. O "cruzamento" do oitavão com outro branco gera um quartão, um quarto de sangue branco. E assim por diante, até que, ao final de seis gerações, nasceria um branco puro.

— Pois muito bem, pelo que pude apurar, a tal Loja Liberdade existe desde o começo do século XIX e mantém essa mentalidade racista até hoje.

O que Palito me dizia era impressionante. A ciência contemporânea, sobretudo após o desenvolvimento da genética, punha por terra todas as teorias de superioridade de raça. Aliás, descartava até o conceito de raça empregado aos seres humanos. Eu tinha lido algo sobre uma pesquisa recente que verificara que há maior diferença genética de um alemão para outro, do que de um brasileiro para um indiano, por exemplo. De modo algum havia a "pureza" da raça, como no mundo animal. Esse pensamento só servia para gerar conflitos étnicos e guerras, como a Segunda Guerra Mundial, quando o ditador alemão Hitler, acreditando que o seu povo era superior aos demais da Terra, detonou uma carnificina que levou às fornalhas milhões de judeus.

— Não é possível, Palito!

— O pior ainda está por vir. Sabe esses testes e remédios que nos fazem tomar?

— Sei.

— Eles, juntamente com uma empresa americana, financiam esse laboratório clandestino, cujo fim é desenvolver uma espécie de antídoto à mestiçagem, uma vacina que reverta os efeitos da miscigenação e faça o sujeito de negro, caboclo, cafuzo ou mulato passar a branco.

— Estou tonto. Como é que você descobriu tudo isso?

— Roubei uns papéis da prancheta de um dos enfermeiros, estava tudo lá. E tem mais: sabe qual é o nome desse laboratório e quem é o seu dono?

— Não.

Não sabia e nem pude saber naquele instante, porque, sem que nos déssemos conta, dois homens de paletó preto nos agarravam por trás e nos arrastavam:

— Andando, canalhas! Andando!

* * *

Fomos levados para a sala da presidência. Os brutamontes nos colocaram em duas cadeiras, defronte à mesa do presidente. Caberia a ele, ao presidente da firma, do laboratório, decidir o que fazer conosco.

Ele estava de costas, lavando as mãos em uma pia

de granito, adornada de ouro. Era um homem alto, nem gordo nem magro, de cabelos grisalhos. Palito olhava para mim, esperando a minha reação. O presidente enxugou as mãos na toalhinha que pendia de uma argola aparafusada à parede, vagarosamente. Os dois capangas já haviam deixado a sala, dizendo:

— Estão aí, senhor.

O presidente ajeitou a gravata diante do espelho, arrumou os cabelos. Quando virou-se, obtive a resposta a uma das duas perguntas que Palito me fizera, pouco antes de sermos pegos pelos capatazes de negro: o presidente e dono do laboratório — que se sentava defronte da gente, arrumando os objetos de sua mesa sem nos dar atenção —, o presidente e dono do laboratório era, pasmem, ninguém menos que o pai de Jonas.

— Seu Ricardo? — falei, boquiaberto.

— Como é que você sabe o meu nome, pirralho? — perguntou, fulminando-me com os olhos azuis claros.

— Seu Ricardo, eu sou João, esse é Palito, somos amigos de Jonas! O senhor não lembra da gente?

— Não — disse, sem se alterar. — Mal vejo o meu filho, aquele vagabundo, quanto mais os amigos dele.

— Pois ele está aqui, com a gente, também! Toda a turma está aqui, o senhor não sabia?

— Você sabe quantas pessoas há nesse lugar, fedelho?

— Não, senhor.

— Quase mil. Como é que você quer que eu saiba quem está ou deixa de estar aqui?

Não esperava aquela reação. Quando vi que o pai de Jonas tinha poder no laboratório, minha sensação foi de alívio. Jonas falava muito mal do pai dele, mas pensávamos que ele exagerava. Tarde demais constatava que tudo quanto dizia era a mais cristalina verdade.

— Onde é que está o meu filho e o resto do bando que anda com ele? — perguntou seu Ricardo.

— Estão na Ala Sul, no pátio.

— Os números dos crachás!

— Não sei.

— Os nomes!

Dei os nomes dos integrantes do Clube dos Sete e do Clube da Maré. Ele ligou para alguém, mandou verificar os números no computador e trazer os meninos para a sua sala. Ainda tinha esperanças de que mandasse nos soltar, afinal de contas, podia ser mau como fosse, mas pai é pai.

Minhas esperanças foram por água abaixo quando disse:

— Vocês vão pagar caro, muito caro pelo que fizeram! Agora eu sei quem andava bisbilhotando o *site* e o *e-mail* da Loja!

O Clube dos Sete

161

12.
CONFINAMENTO E FUGA

Prenderam-nos em uma sala malcheirosa e escura. Ordens do presidente, que mandara chamar o filho e seus amigos apenas para esbofeteá-lo na frente de todos, dizendo:

— Dessa vez, você vai aprender! Segurança! Levem esses moleques para a câmara escura! Depois resolvo o que fazer com eles!

— A gente pode matá-los, senhor — disse, "gentilmente", um dos seguranças.

— Por enquanto, não. Deixem que eles sofram um pouquinho.

A escuridão não permitia ver um palmo diante do nariz. Chamei pelo nome, para certificar-me de que estavam todos ali. Estavam. Os sete do Clube dos Sete, mais Wilson e Raimundo. Perdidos naquelas trevas, ao menos era um consolo saber que estávamos todos juntos. Nosso poder consistia na união.

— E agora, João? — perguntou Palito.

— Agora só tem um jeito: descobrir uma maneira de sairmos daqui.

O Clube dos Sete

— Sair como, se não vejo nem o meu nariz? — perguntou o negativista Daniel.

— Tudo culpa do meu pai! Eu disse a vocês, eu avisei do que ele era capaz!

— Calma, Jonas. A irritação não vai ajudar em nada — consolou-o Alice. Em seguida, ela perguntou a mim e a Palito: — Que é que vocês sabem que nós não sabemos?

Contamos o que sabíamos sobre a Loja e o laboratório.

— Meu pai! Meu pai!

Jonas estava revoltado e com razão. Demos todo o nosso apoio a ele, mas pedimos comedimento. Ele chorava, urrava de ódio. Sua dor tocou-nos e exerceu certa influência sobre os integrantes do grupo, que, um a um, passaram a se sentar, encostando-se na parede da câmara escura, cabisbaixos.

— Que cheiro horrível! — disse Bola.

— Deve ser o chulé de Daniel — emendou Palito, e todos riram. Menos Daniel:

— Muito engraçado! Muito engraçado! Todos presos aqui e seu Palito fazendo piada!

— E que calor! — disse Wilson.

— Abafado, muito abafado! — completou Raimundo.

— É, aqui não tem ventilação — concordou Zeca.

— Vai ver é isso: vão nos matar asfixiados — alardeou Daniel.

— Algum ar entra ou já estaríamos com dificuldades para respirar — notou Alice.

— Eu estou com dificuldades para respirar — voltou Daniel.

— Também, com um chulé desse! — gracejou Palito de novo e, de novo, todos voltaram a rir, até Daniel.

— Alice tem razão. Algum ar entra e não é pela porta de aço, porque ela é totalmente vedada — raciocinei.

— Janela não tem. Já tateei pelas quatro paredes — certificou Zeca.

— Vai ver tem a tubulação para ventilar e ela está desligada — supôs Bola.

— É possível — falei.

Nossos olhos se acostumaram ao escuro. Já podíamos ver melhor uns aos outros e os vultos dos objetos. Na câmara não havia móveis, apenas caixas. Muitas caixas empilhadas, com restos de comida dentro. Daí o mau cheiro.

Notei um movimento como o de insetos pelo chão. Olhei mais atentamente, disse:

— Há uma entrada de ar aqui, em algum canto.

— Como é que você sabe? — perguntou Daniel.

— Porque de outro modo as baratas não poderiam ter entrado.

— Baratas? Que baratas? — perguntou Palito.

O Clube dos Sete

165

— Essas que estão atrás dos restos de comida.

— Ai!

A gritaria se generalizou. Palito pulou no colo de Bola, Daniel agarrou-se com Zeca, Alice encostou-se o máximo possível na parede. Jonas, com toda a sua valentia, fez o mesmo. Só Wilson e Raimundo não se moveram. Devem ter achado, no mínimo, exótica aquela histeria por conta de baratas.

— João, as baratas podem ter vindo de fora, como as caixas de comida — alertou-me Alice.

— Não, Alice.

— Por quê?

— Porque estão vindo do teto.

No teto havia um buraco para ventilação, como o dos outros quartos. Apenas não estava funcionando, razão do calor.

— Olha lá! — apontou para o buraco Bola.

— Muito certo. Existe uma entrada para ventilação. Só que o buraco está fechado com tela, pessoal! — disse Daniel.

— Essas telas são aparafusadas no teto — explicou Zeca.

— E alguém por acaso tem uma chave de fenda? Não! — continuou Daniel.

— Mas temos isso — adiantou-se Jonas, retirando uma faca, deixada em uma das caixas.

— Temos uma faca. Agora só falta alguém que saiba voar! — insistia Daniel.

— Não. Basta fazermos uma pirâmide — disse Wilson.

— Pirâmide? — perguntou Palito.

— É. Subimos uns nos outros e o último chega ao topo — explicou Raimundo.

— Exatamente! — deixei escapar.

— Ótima ideia! — disse Alice.

Faríamos uma pirâmide de três, três, dois e um. Ficariam na base Bola, Jonas e Wilson, os mais fortes. Viriam em seguida, Zeca, Daniel e eu. Depois, Raimundo e Alice. E, por último, por ser o mais franzino, Palito.

Difícil foi convencer Palito a fazer a sua parte.

— Eu? Entrar nesse buraco cheio de baratas? Nunquinha!

— Palito, a gente depende disso! É o jeito! — argumentei.

— Não, João. Vamos arrumar outro jeito.

— O outro jeito é a gente te fechar dentro de uma caixa dessas, cheia de baratas! — perdeu a paciência Bola.

— E por que você não vai no meu lugar, Bolinha, já que é tão corajoso!

— Por que ninguém vai aguentar o meu peso, anta!

— Antes anta do que elefante!

— O quê?

O Clube dos Sete

Bola correu atrás de Palito, que se protegeu atrás de Jonas. Era a maneira deles de se mostrarem felizes pelo reencontro.

— Querem parar, vocês dois?! — exaltou-se Alice.

Jonas pegou Palito pela gola da bata:

— Palito, deixe-me lhe dizer uma coisa: VOCÊ VAI SUBIR AÍ NESSA PORCARIA DE TODO JEITO, OUVIU?!!!

— Já que você me pede com tanta delicadeza, Joninhas, eu vou.

Formamos a pirâmide humana. Palito, tremendo, desaparafusou a grade da ventilação. Por duas vezes, devido ao bambear das pernas, quase cai.

— Pronto, abri. E agora?

— Agora entra e segue a tubulação. Deve haver alguma saída. Se conseguir sair do laboratório, peça ajuda — eu disse.

— E se eu não conseguir?

— Se não conseguir, Palito, e os homens não matarem você primeiro, na volta, a gente te mata! — ameaçou Bola.

Palito estirou a língua e, titubeando, sumiu pelo buraco adentro.

13.
LIBERDADE AINDA QUE TARDIA

Muitas horas depois do sumiço de Palito, continuávamos na mesma. Era manhã quando abriram a porta da cela escura. Cansados e enjoados pelo cheiro de comida estragada, levantamo-nos esperando a liberdade e recebemos uma sentença de morte.

— Chegou a hora, minha gente!

— O homem pediu a cabeça de vocês.

— Que é que podemos fazer? Ordens são ordens.

Eram cinco homens de paletó preto. Algemaram-nos e nos levaram até o pátio interno.

— Vocês vão servir de exemplo para os outros!

— Igual a Tiradentes!

— Todo mundo vai ver!

De fato, o pátio estava lotado. As cobaias humanas do laboratório do pai de Jonas iam ser forçadas a assistir ao nosso enforcamento. Enforcamento, sim, como nos tempos da Colônia e do Império. Improvisaram um cadafalso e nove cordas pendentes de um caibro. Os seguranças foram colocando nossas cabeças dentro dos laços. Só então desconfiaram de que faltava um dos nossos.

O Clube dos Sete   171

— Está faltando um!

— Impossível!

— Eu verifiquei a câmara, pessoalmente. Não havia nada lá, além das caixas.

— Não terá se metido dentro das caixas?

— Não, chutei-as todas. Olhei dentro.

— Colocamos cordas a mais, então.

— Vai ver foi isso.

Imaginava a angústia dos inconfidentes mineiros, dos conjuradores baianos, dos revolucionários da Confederação do Equador, e de tantos outros movimentos nativistas, independentistas, republicanos. De todos que lutaram pela liberdade e acabaram assassinados com uma corda atada ao pescoço. Lembrei da nobreza de Frei Caneca, da sua hombridade, mantida até a hora da morte. Morreu fuzilado, porque todo mundo se recusou a enforcá-lo.

— Tudo pronto?

— Aqui, tudo.

— Aqui, também.

— Está tudo pronto.

— Então, vamos começar a festa.

Olhei para Alice. Ela olhava para mim. Morreríamos ao mesmo tempo. Morreria sem beijar Alice. Olhei para os demais, meus amigos! Lembrei das muitas aventuras por que passamos juntos. Lembrei de meus avós e de

Maria. Lembrei das palavras de vovô: lealdade e amizade. Bola chorava. Daniel chorava.

Através do alto-falante, saiu uma voz:

— Isso é para servir de exemplo a todo aquele que pensa em um dia burlar as leis, ou tentar nos enganar. Estamos trabalhando para o bem de todos, para o progresso da nação. Sem ordem, não há progresso. Ordem e progresso é o dístico em nossa bandeira. Que se mantenha a ordem, portanto, para que se mantenham as cabeças! Esses não são os primeiros nem serão os últimos. Quem quiser provar da nossa fúria, que nos desobedeça! Terá o mesmo fim.

Após uma pausa, a voz anunciou:

— Vamos dar início à execução.

Nova pausa, mais curta. Depois do quê, começou a contagem regressiva:

— Dez!

Fechei os olhos e rezei. Fazia tempo que não rezava, pensei. Pensei ainda que, com tanta coisa para pensar, tinha pensado nisso.

— Nove!

Abri os olhos e olhei ao redor. As caras na plateia eram as mesmas do refeitório, rostos sem vida, corpos sem alma, aglutinavam-se ali como um rebanho, sem vontade própria.

— Oito!

Alice tinha os olhos fechados, assim como Raimundo e Jonas. Talvez estivessem rezando também. Daniel e Bola continuavam chorando. Zeca olhava para o céu e murmurava algo. Wilson olhava para baixo.

— Sete!

Voltei a rezar, a lembrar de vovô, de vovó, de Maria, de Alice. Alice estava a poucos passos e, no entanto, estava proibido de tocá-la. Agora não era uma proibição moral, devido à amizade e à lealdade, mas uma proibição física.

— Seis!

Quem diria que a gente iria morrer assim? Que o Clube dos Sete acabaria de forma tão trágica? Logo agora que tínhamos aprendido tanto, que tínhamos tanto para contar. A aventura transformara-se em desventura.

— Cinco!

Alice olhou para mim, novamente. Queria me dizer alguma coisa, pressentia. Não precisava abrir a boca para tanto. Seus olhos diziam tudo. Mesmo assim, ela falou, sem voz, apenas articulando a boca: "Eu te amo".

— Quatro!

"Eu também", respondi. Não havia traição no que eu e ela fizemos, não havia, disse para mim mesmo. Trairíamos a nós mesmos se não disséssemos nada um ao outro, ainda mais quando nos restavam apenas quatro segundos de vida.

— Três!

Pensei nos inúmeros casos que deveriam ter ocorrido ao longo da história, iguais ao nosso. Um amante ver o outro ser executado, isso devia ocorrer com frequência. Ambos serem executados, ao mesmo tempo, sobre o mesmo cadafalso, talvez fosse mais raro, mas com certeza houve.

— Dois!

Fotografias e pinturas do meu livro de História do Brasil, em frações de segundo, passavam pelos meus olhos. As aulas do professor Antônio. Uma frase dele, em especial: quem luta por uma causa, deve estar disposto a pagar o preço por ela exigido. Estávamos pagando um preço alto demais.

— Um!

Mas o pior é que aquela barbaridade iria continuar. O pai de Jonas continuaria no comando do laboratório, o laboratório continuaria recrutando escravos, os pobres do Morro da Maré continuariam sofrendo, ninguém saberia de nada e tudo permaneceria como estava. Por quanto tempo? Se Palito tivesse conseguido fugir, já teria chegado com ajuda. O mais provável era ele ter se perdido naquele emaranhado de tubos e estar lá até agora. Será que sabia, ouvia o que se passava conosco, cá embaixo?

— Já!

Comprimi os olhos com toda a força, aguardando o aperto do laço em minha garganta.

— Já! — repetiu a voz que nos sentenciava, mais alto.

Nada aconteceu. O mutismo era ensurdecedor. Abri os olhos.

O nosso carrasco estava paralisado. Tinha as órbitas fixas. Olhei na direção em que ele olhava.

— Alto lá! Ninguém se move!

Era a polícia que chegava. Ou melhor, as polícias: civil, militar e federal. Palito arregimentara a maior força policial de todos os tempos. Só faltou trazer o exército.

Os seguranças, os médicos, os enfermeiros, todos que trabalhavam no laboratório tentaram correr, mas os agentes tinham cercado o edifício. Sair dali, só voando, e, ainda assim, já havia helicópteros sobrevoando o local.

No meio do corre-corre, nossos familiares se aproximaram. Foram os primeiros a nos socorrer. Palito veio com eles.

— Demorei? — perguntou, faceiro.

Estávamos salvos.

14.
DE VOLTA AO MORRO DA MARÉ

Um mês após o ocorrido, o Clube dos Sete estava voltando de uma visita ao Morro da Maré, quando eu me lembrei daquelas teorias racistas do século XIX. Agora subíamos o Morro, semanalmente, para jogar bola, pião, empinar pipa com nossos novos amigos do Clube da Maré. Do mesmo modo, Wilson, Raimundo, Clara e seu grupo vinham até a sede do nosso Clube, divertir-se com o computador, o videogame e tantas outras parafernálias eletrônicas a que não tinham acesso por serem muito caras.

A nossa aventura contra a Loja Liberdade teve, como mérito principal, mostrar-nos que o Brasil é maior do que a gente pensa, que o povo, o "povão" como muitos chamam, não é uma palavra abstrata, é constituído por seres humanos de carne e osso, pessoas carentes e desprovidas de assistência, mas com humor, criatividade, inventividade, bom caráter e que, se tiverem a chance, poderão ser advogados, médicos, engenheiros, exercer qualquer profissão. Quinhentos anos após o chamado Descobrimento do Brasil, descobrimos que o povo bra-

O Clube dos Sete

179

sileiro existe. Que somos quase 170 milhões de irmãos e que precisamos ajudar quem mais necessita, quem tem pouco mais ou menos do que o mínimo para viver. Que só haverá democracia e liberdade verdadeiras quando nosso povo puder exercê-las, quando a parte marginalizada da nossa população puder integrá-la. Fome e democracia não combinam.

Quanto a isso, o Clube dos Sete passou a fazer sua parte. Todo mês doávamos, de nossas mesadas, dinheiro aos mais precisados. Também organizamos doações em nosso colégio e nos colégios vizinhos e formamos grupos de estudo mistos, através dos quais passávamos aos meninos do Morro o conhecimento que adquiríamos em nossas escolas privadas, cujo ensino era muito superior ao que recebiam nas escolas públicas. Assim, cada um de nós ensinava, algumas horas por mês, um pouco da matéria em que se destacava aos garotos mais pobres. Por exemplo, eu ensinava História, Palito, Química, e assim por diante. Ao final, todos saíamos ganhando com aquela troca cultural. Pois não é dando esmola ou fazendo caridade que se resolverá a questão da má distribuição de renda no país. É preciso, sobretudo, democratizar a educação e o conhecendo, melhorando as oportunidades de emprego.

Ocorreu-nos que não podíamos esperar a ajuda do Estado, que a resolução do problema da miséria no país está em nossas mãos, na mão de todo brasileiro. Se cada um fizer a sua parte, o país muda. Até Zeca, Daniel e Jonas, antes tão avessos aos pobres, confundindo-os sempre com marginais criminosos, agora ajudavam felizes o pessoal do Morro. Eles, como eu, Palito e Bola, antes de subirmos o morro pela primeira vez, não tinham tido contato com aquela realidade. Como disse, páginas atrás, quem, de classe média ou alta, com tudo do bom e do melhor em casa, depara-se com a miséria da favela, transforma-se. E transforma-se para melhor, sente-se no dever de amparar as vítimas de vários fatores históricos, entre os quais o mais soturno é o descaso.

Por falar em história, eis aí outra lição importante: o que somos é resultado do que fomos, ninguém foge do seu passado; é conhecendo o que fomos que aprendemos o que somos. Essas palavras são do professor Antônio, de História, mas a verdade delas nós constatamos na prática. Ideias que até hoje dominam a mentalidade das elites e mesmo do "povão" do Brasil têm origem remota, encontram respostas nos fundamentos da nossa sociedade. A Loja Liberdade, com sua ideia totalitária e racista, expressa, em muito, o pensamento de parte da nossa gente, que preferiria morar em um país onde todos fôssemos louros de olhos azuis. Nunca demos o real valor que merece ser dado a esse fenômeno fantástico que aconteceu no Brasil: a miscigenação. Pesquisas mostram que nada menos do que 90% dos brasileiros trazem nas veias genes negros ou ameríndios. Aqueles que chamamos de brancos, com certeza têm um avô negro, uma avó índia, porque somos um país quase que totalmente composto por mestiços. E os mestiços desse lado sul da Terra criaram, apesar de toda a pobreza, uma cultura única, que está há cinco séculos sendo desprezada.

Eu falei das mudanças. As mudanças em Jonas e Daniel se operaram de forma mais intensa. Talvez pela percepção de que tinham muito em termos materiais, os dois passaram a valorizar mais os sentimentos. Sua relação com os pais mudou radicalmente. Ambos aproximaram-se da família e no comportamento a melhora foi visível. Jonas já não se exalta por qualquer coisa, já não briga com Deus e todo mundo a troco de nada. Seu pai, após o episódio do laboratório, enfrentou processo de cassação na Câmara dos Deputados, em Brasília, perdeu o mandato e está na cadeia. O deputado federal envolvido com as experiências genéticas, o figurão de quem Wilson tinha falado, era ele. Jonas sempre que pode visita o pai e tem dado forte apoio à mãe.

Daniel conseguiu reunir pai e mãe. Não trazendo-os para morarem juntos de novo, isso não. Mas conseguiu que fizessem as pazes e se tratassem civilizadamente, quando se encontravam. Seu pai passou a visitá-lo nos finais de semana e a pagar a pensão alimentícia.

Enfim, como vocês veem, nossa aventura valeu muito mais do que, aparentemente, um desavisado poderia supor. Mas uma pergunta ainda estava na minha cabeça.

— Palito? — perguntei, interrompendo outra de suas rixas com Bola. — Qual era o nome do laboratório?

— O quê?

— O nome do laboratório associado à Loja Liberdade?

— Era Clanac.

— Clanac?

— É. Clanac.

Clanac era o nome da firma cujo caminhão matou meus pais. Como se sabe, a Justiça no país se arrasta, a polícia, embora haja exceções — tanto assim que fomos salvos do laboratório por um esquema policial —, na maioria das vezes, não faz seu serviço direito. Nem sempre por corrupção ou incompetência. Em alguns casos, o que falta são condições de trabalho. De qualquer forma, até então não tinham achado o culpado no caso. Em que outros serviços sujos estaria metida a Clanac? Seus donos tinham escapado no caso da Loja Liberdade. As investigações policiais tendiam a ser interrompidas com o tempo. Que novas falcatruas estariam aprontando? Talvez aquele fosse um novo caso para o Clube dos Sete.

* * *

Ah, ia me esquecendo. Após uma longa conversa com Zeca, eu e Alice comunicamos a ele o nosso namoro. Como era de se esperar, no começo ele ficou um pouco ressentido, mas, depois, superou o assunto. Tanto que já estava de namorada nova. Arrumar namoradas não era problema para Zeca.

Quanto a Alice e eu, todo dia tomávamos o ônibus juntos e nos sentávamos de mãos dadas. E todo dia perdíamos o nosso ponto, sem remorso, distraídos com um enorme beijo...

SOBRE O AUTOR

Marconi Leal nasceu no Recife, a 30 de janeiro de 1975, ano em que houve uma das maiores enchentes de Pernambuco. A imagem das águas barrentas que costumavam inundar sua rua é a memória mais antiga que guarda da cidade maurícia. Talvez por isso, adora o Capibaribe, rio que a banha e corta.

Miscigenado como a maioria dos brasileiros, tem em sua ascendência elementos negros, árabes, portugueses e provavelmente outros que a memória familiar não registra. Mas, ao contrário dos grandes escritores nordestinos de sua estima, foi principalmente marcado pela cultura urbana.

Completou o ensino fundamental e o médio no Colégio Marista São Luís, o mesmo onde, muitos anos antes, estudou o poeta pernambucano João Cabral de Melo Neto. Torce pelo Sport, "doença" de que também padece seu concidadão, o escritor Ariano Suassuna. E morou no bairro das Graças, a poucas quadras de uma das casas onde viveu outro ilustre poeta pernambucano: Manuel Bandeira.

Pela Editora 34 publicou os livros *O Clube dos Sete* (2001), *Perigo no sertão: novas aventuras do Clube dos Sete* (2004), *O país sem nome* (2005), *O sumiço: mais uma aventura do Clube dos Sete* (2006), *Tumbu* (2007) e *Os estrangeiros* (2012).

SOBRE O ILUSTRADOR

Newton Foot nasceu em Piraju, São Paulo, em 1962. Formou-se em 1986 pela Faculdade de Arquitetura e Urbanismo da Universidade de São Paulo, onde editou em parceria com Fabio Zimbres, no último ano de curso, a revista de quadrinhos *Brigitte*. Foi colaborador da revista *Níquel Náusea* a partir de 1987, participando, neste mesmo ano, da equipe editorial da revista *Animal*. Também publicou na *Chiclete com Banana*, de Angeli.

Em 1992, realizou para o grupo de teatro Ponkã a quadrinização da peça infantil *Momotaro, o menino pêssego*, versão de uma antiga lenda japonesa feita por Cristina Sano, sendo este seu primeiro trabalho realizado com recursos de computação gráfica.

Foi roteirista do programa infantil TV Colosso, exibido pela Rede Globo entre 1993 e 1996, e, como quadrinista, participou de exposições internacionais em Haarlem (Holanda), Lisboa e Roma. Mais recentemente, tem trabalhado como ilustrador de livros infantis, como a série *O Clube dos Sete*, de Marconi Leal (Editora 34); de livros didáticos, paradidáticos e institucionais, como *Chega de sujeira*, de Indigo (Escala Educacional); e de adaptações para jovens de obras clássicas, como *Memórias de um sargento de milícias*, de Manuel Antônio de Almeida (Scipione).

COLEÇÃO 34 INFANTO-JUVENIL

FICÇÃO BRASILEIRA

Endrigo, o escavador de umbigo
Vanessa Barbara

O colecionador de palavras
Edith Derdyk

A lógica do macaco
Anna Flora

O Clube dos Sete
Marconi Leal

Perigo no sertão
Marconi Leal

O sumiço
Marconi Leal

O país sem nome
Marconi Leal

Tumbu
Marconi Leal

Os estrangeiros
Marconi Leal

Confidencial
Ivana Arruda Leite

As mil taturanas douradas
Furio Lonza

Melhor amigo
Gabi Mariano e Flávio Castellan

Felizes quase sempre
Antonio Prata

O caminho da gota d'água
Natália Quinderê

Pé de guerra
Sonia Robatto

Nuvem feliz
Alice Ruiz

Dora e o Sol
Veronica Stigger

A invenção do mundo pelo Deus-curumim
Braulio Tavares

A botija
Clotilde Tavares

Vermelho
Maria Tereza

FICÇÃO ESTRANGEIRA

Cinco balas contra a América
Jorge Araújo
e Pedro Sousa Pereira

Comandante Hussi
Jorge Araújo
e Pedro Sousa Pereira

*Eu era uma adolescente
encanada*
Ros Asquith

O dia em que a verdade sumiu
Pierre-Yves Bourdil

O jardim secreto
Frances Hodgson Burnett

A princesinha
Frances Hodgson Burnett

O pequeno lorde
Frances Hodgson Burnett

Os ladrões do sol
Gus Clarke

Os pestes
Roald Dahl

O remédio maravilhoso de Jorge
Roald Dahl

James e o pêssego gigante
Roald Dahl

O BGA
Roald Dahl

O dedo mágico
Roald Dahl

O Toque de Ouro
Nathaniel Hawthorne

A foca branca
Rudyard Kipling

Rikki-tikki-tavi
Rudyard Kipling

Uma semana cheia de sábados
Paul Maar

*Diário de um adolescente
hipocondríaco*
Aidan Macfarlane
e Ann McPherson

O diário de Susie
Aidan Macfarlane
e Ann McPherson

Histórias da pré-história
Alberto Moravia

Cinco crianças e um segredo
Edith Nesbit

Carta das ilhas Andarilhas
Jacques Prévert

Histórias para brincar
Gianni Rodari

A gata
Jutta Richter

*Trio Enganatempo:
Cavaleiros por acaso
na corte do rei Arthur*
Jon Scieszka

*Trio Enganatempo:
O tesouro do pirata Barba Negra*
Jon Scieszka

*Trio Enganatempo:
O bom, o mau e o pateta*
Jon Scieszka

*Trio Enganatempo:
Sua mãe era uma Neanderthal*
Jon Scieszka

Vazio
Catarina Sobral

O maníaco Magee
Jerry Spinelli

Histórias de Bulka
Lev Tolstói

O cão fantasma
Ivan Turguêniev

A pequena marionete
Gabrielle Vincent

Um dia, um cão
Gabrielle Vincent

Um balão no deserto
Gabrielle Vincent

O nascimento de Celestine
Gabrielle Vincent

Os pássaros
Germano Zullo e Albertine

Dadá
Germano Zullo e Albertine

Ora, pílulas!
Tatiana Belinky

Quadrinhas
Tatiana Belinky

Limeriques estapafúrdios
Tatiana Belinky

Histórias com poesia,
alguns bichos & cia.
Duda Machado

A Pedra do Meio-Dia
Braulio Tavares

O flautista misterioso
e os ratos de Hamelin
Braulio Tavares

O poder da Natureza
Braulio Tavares

O invisível
Alcides Villaça

POESIA

Animais
Arnaldo Antunes e Zaba Moreau

Mandaliques
Tatiana Belinky

Limeriques das causas e efeitos
Tatiana Belinky

Limeriques do bípede apaixonado
Tatiana Belinky

O segredo é não ter medo
Tatiana Belinky

TEATRO

As aves
Aristófanes

Lisístrata ou *A greve do sexo*
Aristófanes

Pluto ou
Um deus chamado dinheiro
Aristófanes

O doente imaginário
Molière

ESTE LIVRO FOI COMPOSTO EM LUCIDA SANS
PELA BRACHER & MALTA, COM CTP DA
NEW PRINT E IMPRESSÃO DA GRAPHIUM
EM PAPEL ALTA ALVURA 75 G/M^2 DA CIA.
SUZANO DE PAPEL E CELULOSE PARA A
EDITORA 34, EM JANEIRO DE 2015.